Jule Vollmer
Und selbst?

KLARTEXT

Foto: Meike Willner und Phil Niggemeier

Jule Vollmer, geboren 1959 in Witten, ist Schauspielerin, Sprecherin, Autorin und Sängerin.

Sie arbeitet als Sprecherin im Hörfunk und Fernsehen für verschiedene Sender, u.a. für Radio Bremen (Hörspiele) und den WDR Köln (Zeitzeichen, Stichtag heute, Planet Wissen) sowie als Dokumentar- und Synchronstimme für den MDR, ARTE, BBC, National Geographic Channel und Kabel 1.

Seit Ende 1993 widmet sie sich der Verbindung von satirischer Literatur und Musik und reist mit literarisch-musikalischen Kleinkunstprogrammen durch den deutschsprachigen Raum. Sie hat bereits mehrere Kurzgeschichten sowie Theaterstücke in Anthologien veröffentlicht. Weitere Infos unter www.julevollmer.de und www.literamusico.de.

Jule Vollmer
Und selbst?
Feinherbe und honigsüße Geschichten

Impressum

1. Auflage Oktober 2017

Umschlaggestaltung: Yvonne Pfeiffer, Essen
Satz und Gestaltung: Kathrin Butt, Essen
Titelbild und Illustration: Sonja Morisse
Druck und Bindung: Majuskel Medienproduktion GmbH,
Elsa-Brandström-Str. 20, 35578 Wetzlar
© Klartext Verlag, Essen 2017
ISBN 978-3-8375-1772-9

www.klartext-verlag.de

Bibliografische Information der Deutschen Nationalbibliothek
Die Deutsche Nationalbibliothek verzeichnet diese Publikation
in der Deutschen Nationalbibliografie; detaillierte bibliografische
Daten sind im Internet über http://dnb.dnb.de abrufbar.

KLARTEXT

Jakob Funke Medien Beteiligungs GmbH & Co. KG
Friedrichstr. 34–38, 45128 Essen
info@klartext-verlag.de, www.klartext-verlag.de

Inhalt

Frank Goosen
Liebeskummer und Hühnersuppe

Wenn ich an Jule Vollmer denke, denke ich an Liebeskummer und Hühnersuppe. An Verführungen, Triebfedern, kleine Theater und an mentholhaltige Nasentropfen auf einem männlichen Geschlechtsteil – aber diese Geschichte kommt hier im Buch nicht vor, weil Jule sagt, sie sei milder geworden.

Kennengelernt haben wir uns Anfang der Neunziger. Schlimm, dass man das nicht mehr so genau zeitlich fassen kann, die Vergangenheit liegt in einem Nebel, der aussieht wie ein mies gemachter Spezialeffekt in einem schlechten Film, wenn der Hauptdarsteller sich an irgendwas erinnert. Ich war damals jedenfalls Mitglied in einer Autor*innen-Gruppe, die sich „Triebfeder" nannte und im Hinterzimmer des Ahorn-Ecks in Bochum zusammenkam, einer alten Eckkneipe, die zu einem Studilokal gentrifiziert worden war, auch wenn wir das Wort damals nicht kannten.

Cordelia, die ich bis heute nicht gefragt habe, ob sie nach der Tochter von König Lear benannt ist, brachte Jule eines Abends zu einem unserer Treffen mit. Sie hörte zu, milde lächelnd wie die Sphinx oder diese komische Frau auf dem Gemälde im Louvre, trug aber erstmal selbst nichts vor. Es gab ja auch so viel zu gucken! Zum Beispiel einen langen Schlacks, der als Schauspieler am Theater Ecce Homo tätig war und dort als Autor bereits ein Stück namens „Honigherz" herausgebracht hatte. Oder den eigentlich eher bürgerlich gewandeten Kollegen, der am Ende eines Textes eine Kakerlake verspeiste, die sich dann aber doch als Attrappe herausstellte – was die Sache nur unwesentlich weniger merkwürdig machte, obwohl Plastik wahrscheinlich gesünder ist als Kakerlaken, zumal die ja irrsinnig widerstandsfähig sein sollen, was die Verdauung schwierig machen dürfte.

Und dann war da dieser schon nicht mehr nur untersetzt zu nennende Typ Mitte Zwanzig, mit dem bereits schütter werdenden Haupthaar, der vielleicht nicht völlig talentfrei war, seine große Klappe allerdings schon weiter entwickelt hatte als seine Schreiberei. Der hielt ihr gleich mal ein Standardreferat über Forschungskontroversen zum Nationalsozialismus, bevor er auf das zweite seiner drei Lieblingsthemen kam, Fußball nämlich. Das dritte, die Liebe, und warum sie um ihn einen Bogen machte, obwohl er sich so toll mit Nazis und Fußball auskannte – das kam erst später.

Es war der Schauspieler, der Jule irgendwann sagte, was sie hier betreibe, sei intellektuelles Spannen. Gucken und Hören alleine gehe nicht. Man nenne sich nicht umsonst Autorengruppe. Sie müsse jetzt auch mal was schreiben und vorlesen. Beim nächsten Treffen überraschte sie uns mit der Geschichte von Knut. Und damit war kein süßes Eisbärbaby gemeint, sondern der vor sich hin schnarchende Gatte der Erzählerin, von dem sie sich zum Kauf einer zwei mal zwei Meter großen gemeinsamen Bettdecke hatte überreden lassen, die er sich jetzt mal wieder ganz allein um seinen auch nicht gerade an griechische Götterstatuen gemahnenden Leib schlang, bis Madame die Nase voll hatte und nicht nur den Mann wieder auswickelte, sondern auch seinen zwischen den Oberschenkeln herumlungernden „besten und wahrscheinlich auch einzigen Freund" freilegte, um ihn gleich darauf mit mentholhaltigen Nasentropfen zu beträufeln.

Jule ist keine, die platt und prollig triumphiert, aber hinterher stand durchaus ein „So, und jetzt seid ihr dran!" im Raum. Noch heute, ein gutes Vierteljahrhundert später meint sie, es sei ihr darum gegangen, den Macho-Allüren der männlichen Autoren im Raum etwas entgegenzusetzen. War ich damit auch gemeint? „Ja, klar, ging doch immer um Weiber, Titten und Sex bei euch ;o))))." Und ich war der Meinung, ich hätte das immer nur gedacht, aber nicht geschrieben. Wohl doch kein Zufall, dass die meisten meiner Texte aus dieser Zeit verlorengegangen sind.

In der Folgezeit wurde Jule nicht nur zu einem maßgebenden Mitglied der Autorengruppe „Triebfeder", sondern auch zu einer engen persönlichen Freundin für mich. Als ich mich mal aus gesundheitlichen Gründen drei Wochen kaum rühren konnte, war es Jule, die mir Hühnersuppe ans Krankenlager brachte, und das nicht nur einmal. Sie stand mir in meiner dunkelsten Stunde überhaupt bei, als ich mich an eine Frau verschenkt hatte, die mich nicht verdiente und mich dann sitzen ließ, wie ich es wegen meiner Blödheit sehr wohl verdiente, was ich aber erstmal nicht einsehen wollte. Ich durfte Zwischentexte schreiben für Jules „Verführung", den Abend mit erotischen Geschichten und mir auch noch das Etikett „Regisseur" anheften, obwohl ich vor allem das Theater aufgeschlossen und Kaffee gekocht habe. Na ja, das stimmt vielleicht nicht ganz, aber Jule hatte damals viel mehr Theatererfahrung als ich und wusste schon ziemlich genau, was sie zeigen und erzählen wollte. Ich war halt das zusätzliche Augenpaar vor der Bühne, aber sie hat mir immer das Gefühl gegeben, ohne mich gehe das alles nicht. Bei Jule Vollmer fühlst du dich immer wichtig.

Außerdem holt Jule dich immer mit einfachen Worten auf den Boden des eigenen emotionalen Grundgesetzes zurück. Und mit einfachen Worten bestreitet sie auch ihre Geschichten. Jule hat es nie nötig gehabt Wind zu machen, überkandidelte Posen sind ihr ebenso fremd wie eitle Wortspielereien. Ihre Sätze kommen zum Punkt, und das nicht nur im konkreten Sinne. Sie spielt mit den Formen, hat die klassische Short Story genauso drauf wie das Dramolett oder die kurze Brief-Erzählung. Machos werden bei ihr ebenso flink entzaubert wie softe Frauenversteher, während die Frauen keine Amazonen oder Zicken sind, sondern daseinsschlaue Wesen, die einfach in der Suppenküche des Lebens Nachschlag genommen haben, als die Klugheit ausgegeben wurde.

Gehen Sie gut mit diesen Geschichten um, Jule tut es auch. Und ich bin glücklich, sagen zu dürfen: „Die Vollmer? Die hat mir schon Hühnersuppe ans Bett gebracht!" Und während ich das schreibe, fällt mir auf: Ein Mann der so redet, landet bestimmt irgendwann in einer ihrer Geschichten.

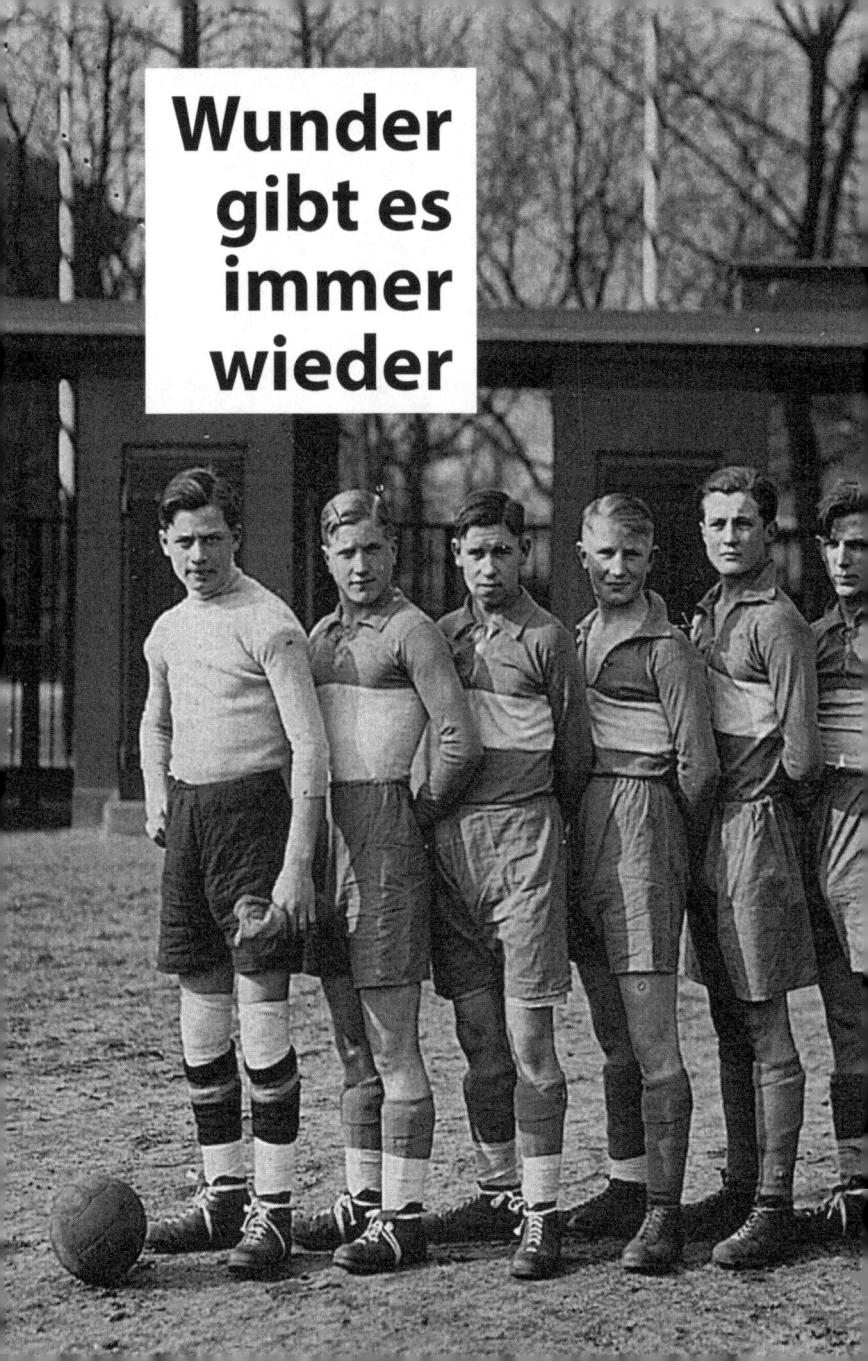

Wunder gibt es immer wieder

Haben Sie schon einmal jene Menschen bedauert, die am 24. Dezember Geburtstag haben? Mir tun sie leid, diese armen Leute, weil sie grundsätzlich um eine eigenständige Feier gebracht werden – Jahr für Jahr. Oder was denken Sie über jene Menschen, die am 1. September 1939 oder am 11. September 2001 geboren wurden?

Glauben Sie an die Macht der Sterne, oder ist es Ihnen völlig egal, ob am Tag der Geburt eines unschuldigen Kindes der Zweite Weltkrieg begann, die Twin Towers in New York zusammenfielen oder gar das Christkind geboren wurde? Wissen Sie, mich hat die Frage nach dem Zeitpunkt der Geburt eine Weile wirklich sehr beschäftigt. Ich bin übrigens ein Sonntagskind. Nicht, dass ich abergläubisch wäre, aber die Ereignisse der Weltgeschichte stehen vielleicht doch nicht so zusammenhanglos im Kosmos, wie man gerne glauben möchte.

Ich persönlich leide weder unter einem Katastrophendatum noch unter christlichem Feiertagszauber. Manchen sagt mein Geburtsdatum sogar überhaupt nichts, aber ich finde es schrecklich. Ich wurde am 4. Juli 1954 geboren, irgendwann am frühen Abend zwischen 18.30 und 19.00 Uhr. Dummerweise war kein Mensch in der Lage genau auf die Uhr zu gucken, denn alle waren mental bei „unseren Jungens" in der Schweiz, fernab der Heimat, im Berner Wankdorfstadion.

Als meine Mutter, Hildegard Kasülke, am Morgen des 4. Juli 1954 die ersten Wehen spürte, war mein Vater,

Siegfried Kasülke, noch guter Dinge und sprach davon, dass es ein gutes Zeichen sei, wenn sein Sohn am Tag der Entscheidung geboren würde. Er bat meine Mutter inständig, doch bitte schnell zu machen, also ordentlich zu pressen und zu drücken, ja, vielleicht sogar ein bisschen über den Hof zu hüpfen, damit die „Sache" schnell erledigt sei und er ruhigen Gewissens zum Weltmeisterschaftsendspiel in den „Langen August" gehen könne. Dort habe man unter höchstem Aufwand ein Fernsehgerät organisiert und aufgestellt, da könne er ja nun wirklich nicht fehlen. Dieser Argumentationskette konnte meine Mutter nichts entgegensetzen. Sie neigte ohnehin nicht so zur Geschwätzigkeit wie mein Vater, kniff also die Lippen zusammen und versuchte dafür den Muttermund zu öffnen.

Mittags gegen 12.30 Uhr kam die Hebamme und sagte knapp: „Liegt falsch. Vielleicht Kaiserschnitt. Besser Krankenhaus!"

Zu diesem Zeitpunkt hatte mein Vater schon mehrfach mit unserem Nachbarn Karl Hillershagen auf „unsere Jungens" angestoßen und war nicht mehr in der Lage, den Ernst der Situation zu erfassen. Also hinterließ meine Mutter eine kurze Notiz auf dem Küchentisch, einen Zettel, den ich heute noch in Ehren halte, worauf zu lesen war: „Bin kurz im Krankenhaus. Kann etwas dauern. Hilde."

Soweit ich weiß, ging – oder vielleicht hüpfte sie auch eingedenk der ermahnenden Worte meines Vaters – die fünf Kilometer zum Marienhospital in Altenessen zu Fuß. Dort wurde sie nochmal untersucht und der diensthabende Arzt schickte sie als Erstgebärende mit dem Hinweis „Ist noch nicht so weit" aufs Krankenzimmer.

Auch im Krankenhaus herrschte eine gewisse Anspannung und reges Treiben.

Man hatte mehrere Radiogeräte mit sterilen Tüchern präpariert und an strategisch wichtigen Punkten in den Krankenhausfluren aufgestellt, für Patienten und Personal. Um 17.00 Uhr sollte es losgehen. Und es ging los – auch bei meiner Mutter! Die Wehen kamen jetzt im Abstand von etwa zehn Minuten und – sie war allein. Als das erste Tor für Ungarn fiel, ging ein kollektiver Entsetzensschrei durch das Gebäude und die Schmerzensschreie meiner Mutter gingen unter, verloren sich in dem übergeordneten Schmerz der verletzten Volksseele.

Noch einmal wurde das Gebäude von leidvollem Stöhnen geschüttelt. Meine Mutter erzählte mir später, dass sie zeitweise durch die Schmerzen nicht richtig bei Bewusstsein gewesen sein konnte, denn sie habe plötzlich den Eindruck gehabt, der Kommentator des Spiels, der Herr Zimmermann, spräche nicht vom Fußballspiel Westdeutschland gegen Ungarn, sondern kommentiere ihre Niederkunft. Sie habe plötzlich die Freudenschreie des Anschlusstores und wenig später des Ausgleichstores ganz deutlich gehört und direkt auf sich bezogen.

Als in der Halbzeit eine Schwester nach ihr gesehen habe, sei sie wohl kurz eingeschlafen gewesen, doch die beschwörende Stimme des Herrn Zimmermann habe sie wieder geweckt und dann sei sie plötzlich völlig klar gewesen und habe deutlich gehört, wie er intonierte: „... aus dem Hintergrund müsste maaan pressen ... und maaan presst ... vooor – vooor – vooor." Wie ich später erfuhr, hatte er tatsächlich gerufen: „... aus dem Hintergrund müsste Rahn schießen ... und Rahn schießt ... Tooor – Tooor – Tooor!"

Aber egal! Ich war geboren, mit dem Arsch zuerst! Und das ganze Krankenhaus hat lauthals gejubelt.

Zehn Minuten später kam eine Schwester herein und eine halbe Stunde später war ich ordnungsgemäß abgenabelt, gesäubert und gewickelt. Erst zwei Tage danach kam mein Vater ins Krankenhaus. Er hatte „unseren Sieg" so hemmungslos gefeiert, dass er erst am Dienstag langsam wieder klar war und die Notiz, die meine Mutter ihm hinterlassen hatte, lesen und auch verstehen konnte.

Er war sehr tapfer. Er ließ sich die Enttäuschung, dass ich nur ein Mädchen war, gar nicht anmerken. Der Glückstaumel darüber, dass wir wieder „wer" waren, hatte ihn milde gestimmt. Beim Standesamt versuchte er mich allerdings unter dem Namen Helmute Rahnia Kasülke eintragen zu lassen, was gottlob zur damaligen Zeit nicht anerkannt wurde. Jetzt heiße ich Hella, gefällt mir besser.

Meine Mutter durfte durch die schwere Steißlagengeburt bedingt keine Kinder mehr kriegen, so hat mein Vater mich recht früh, Mädchen hin oder her, in die Welt des Fußballs eingeführt.

Selbstverständlich kannte ich, sobald ich ganze Sätze sprechen konnte, die Namen der Helden von Bern auswendig. Meine Kuscheltiere trugen Namen wie Turek, der Boss, Morlock und Posipal. Mir gefielen meist die Nach- oder Spitznamen besser als die Vornamen. Heute würden sie vielleicht Özil, Schweinsteiger, Lewandowski, Götze oder Klose heißen. Nur meine Lieblingspuppe hieß Waltraud, das musste sein.

Zu meinem zwölften Geburtstag, im Jahr 1966, schenkte mir mein Vater eine Karte zum Fußballweltmeisterschaftsendspiel im Wembley-Stadion. Voller Hoffnung, dass die deutsche Mannschaft die Vorrunden überstehen würde. Tatsächlich standen die Deutschen im Finale, diesmal gegen England. Ich freute mich wahnsinnig auf die Reise, das fremde Land und das Spiel, darum erzählte ich meinen Eltern nichts von der Blasenentzündung, die ich mir einen Tag vor der Abreise eingefangen hatte. Die Angst davor, vielleicht doch nicht mit nach England zu dürfen, ließ mich die Zähne fest zusammenbeißen. Mein Vater und ich gingen ins Stadion und das Spiel begann. Ich hielt durch bis zur 15. Minute, dann trieb mir der Blasenschmerz die Tränen in die Augen. Genau in dem Augenblick, als ich aufstand um zum Klo zu gehen, schoss uns Helmut Haller in Führung. Mir blieb kaum Gelegenheit zum Jubeln, denn es war höchste Zeit meine Blase zu entspannen. Als ich zurückkam, war schon der Ausgleichstreffer der Engländer gefallen – just in dem Augenblick, als ich verschwunden war, sagte mein Vater.

In der Pause verschlimmerten sich die Beschwerden. Die zweite Halbzeit begann. Wieder zwickte nach ein paar Minuten meine Blase und als ich die Klotür schloss, glaubte ich ganz England jubeln zu hören. Mir war klar, dass England jetzt 2:1 in Führung lag. Dieses Mal dauerte mein Besuch auf dem Klo etwas länger. Ich hatte furchtbare Krämpfe und schaffte es erst kurz vor Spielende zurück auf meinen Platz, und genau in diesem Augenblick, gerade als ich mich setzen wollte, fiel das Ausgleichstor, das 2:2 für Deutschland. Ich wurde ohnmächtig.

Erst in der Pension kam ich wieder zu mir. Ich hatte hohes Fieber. Mein Vater und ein Arzt, den niemand verstand, sahen besorgt auf mich hinunter.

Mein Vater erzählte mir später, ich habe phantasiert und lauthals „Fehlentscheidung" gerufen, immer und immer wieder. England hatte durch einen zweifelhaften Lattenunterkantentreffer und anschließenden Elfmeter in der Verlängerung gewonnen.

Zurück in Deutschland erklärte mir mein Vater, er habe sich viele Gedanken über mich und den Fußball gemacht. Ich habe doch von der Verlängerung des Spiels mit dem strittigen Tor nichts mitbekommen, woher habe ich das denn im Fieberwahn wissen können.

Außerdem sei ihm aufgefallen, dass der Gegner, immer wenn ich mich dem Spielfeld abgewendet habe, ein Tor schoss, und unsere „Jungens" immer dann, wenn ich „präsent" gewesen sei. Nach Ansicht meines Vaters war ich allein für die Niederlage der deutschen Nationalelf 1966 im Wembley-Stadion verantwortlich.

Wir hatten, was den Fußball betraf, eine Krise!

Ich wollte nichts mehr damit zu tun haben. Ich wollte ein Mädchen sein und eine Frau werden, meine Pubertät mit Pickeln und Periode erleben und dem ledernen „Rund" den Rücken kehren.

Vater beäugte mich seit England aufmerksam, so dass ich mir vorkam wie eine Laborratte. Er lockte immer wieder mit Eintrittskarten für interessante Fußballspiele, aber ich blieb hart. Die Verantwortung über Sieg oder Niederlage der deutschen Fußballer wollte ich, falls er im Recht war, nun doch nicht tragen. Erst als ich zwanzig wurde und er mir eine Karte für das WM-Endspiel 1974 in München schenkte, hatte ich das Gefühl, dass ich mich dem Leben und insbesondere dem Fußball stellen sollte. Zumal ich furchtbar gern das Spiel Deutschland gegen Holland sehen wollte. Am liebsten wäre ich allein ins Stadion gegangen, doch mein Vater wollte dabei sein und mich mit seinen Röntgenaugen beobachten.

Das Spiel fand drei Tage nach meinem Geburtstag, am 7. Juli 1974, statt.

Es war sehr eng dort. Mein Vater stand zu meiner Rechten, zu meiner Linken ein Mann, der seinen kleinen Sohn auf den Schultern trug, damit dieser zumindest die ersten Minuten besser sehen konnte und vor mir ein Hüne, der mir die Sicht versperrte. Begeistert schwenkte der kleine Junge einen holländischen Wimpel.

Mein Vater packte mich und flüsterte, ich solle meine volle Konzentration dem Spielverlauf widmen.

Dem Hünen zischte er zu, er solle gefälligst mit

mir die Plätze tauschen. Überhaupt sei es eine Unverschämtheit sich vor kleinere Leute zu stellen, erst recht vor jungen Frauen, die den Spielverlauf entscheidend beeinflussen könnten. Der große Mann sah mich mit erstaunten Augen an, fixierte dann meinen Vater mit skeptischem Blick und schob mich dann tatsächlich vor sich. Ich kann Ihnen nur sagen, dass das die anstrengendsten anderthalb Stunden meines Lebens waren.

In der zweiten Halbzeit – Deutschland lag mit 2:1 in Führung – habe ich nur noch auf den Mann im Tor, Sepp Maier, gestarrt. Es war einfacher für mich, die Konzentration auf nur eine Person zu richten.

Ich hatte alle Mühe ihn in die richtigen Positionen zu lenken, obwohl er auch ohne meine Hilfe ein erstklassiger Torhüter war. Und Sepp hielt alles, einfach alles, obgleich die Niederländer sehr gut spielten.

Als ich mir einmal kurz über die Augen wischen wollte, kam Vater mir zuvor und tupfte mir mit den Worten „Bleib dran, lass das Spiel bloß nicht aus den Augen, hörst du?!" die Schweißperlen von der Stirn.

Schließlich war es so weit! Schlusspfiff!

Deutschland war mit 2:1 zum zweiten Mal Fußballweltmeister geworden!

Doch hatte das wirklich etwas mit mir zu tun? Mein Vater hatte gar keinen Zweifel daran, für mich aber war damit jegliche Begeisterung am Fußball gestorben.

Nur einmal habe ich noch – vermutlich – in die Fußballgeschichte eingegriffen.

Ich wurde Fremdsprachenkorrespondentin und arbeitete unter anderem auch als Dolmetscherin. 1979 hatte ich eine Woche lang beruflich in London zu tun. Einmal fuhr ich nach Leytonstone – in ein Viertel, das mich besonders deswegen interessierte, weil Alfred Hitchcock dort geboren war.

Ich schlenderte also durch die Straßen und Gässchen und bemerkte irgendwann einen kleinen Jungen, der in eine Art Tischdecke gehüllt war. Er saß weinend auf dem Bürgersteig und rieb sich das rechte Knie. Ich gab ihm ein Taschentuch und strich ihm über den Kopf.

„Was ist denn los?", fragte ich und er antwortete: „Bin gefallen. Und is mir langweilig. Und weiß nich, was ich spielen soll."

Er war etwa vier Jahre alt und strahlte trotz seines jämmerlichen Schluchzens und seiner Rotznase eine gewisse Überlegenheit aus.

„Wie heißt du denn?", fragte ich ihn.

„Zorro!", gab er zur Antwort und fuchtelte mit einem Stock herum, der anscheinend einen Degen darstellen sollte.

„Aha, Zorro also. Und du weißt nichts mit dir anzufangen? Wo sind denn deine Freunde?"

Ich strich ihm eine Strähne aus dem Gesicht.

„Wech. Ham sich versteckt un ich fin sie nich!"

„Na, dann musst du auf sie warten."

„Was soll ich'n tun, mir is so langweilig?"

„Na, komm. Wie wär's, wenn wir beide etwas spielen, solang deine Freunde sich verstecken?"

„Was'n?"

„Ein Frage-Antwort-Spiel vielleicht?", schlug ich vor.

„Nö, langweilich!"

„Oder Hüpfkästchen?"

„Is'n Mädchenspiel, mach ich nich!", erwiderte er entrüstet.

Ich schaute mich um.

Es war Mittagszeit und kein Mensch zu sehen, anscheinend hielt die Siedlung Mittagsruhe.

Und dann ritt mich plötzlich der Teufel: „Komm! Lass uns Fußball spielen, Zorro, okay?"

„Och nö. Hab auch gar kein Ball", sagte er nicht sonderlich begeistert.

Ich holte meine Coladose aus der Tasche, die wir geschwisterlich teilten. Dann wurde die leere Dose kurzerhand zum Ball umfunktioniert und der kleine Junge und ich, Hella, die große 25-jährige Deutsche, fingen an zu kicken.

Nach anfänglichem Zögern wurde er immer eifriger, warf schließlich sogar Degen und Umhang weg und konzentrierte sich nur noch aufs Spiel, und weiß Gott, er spielte gut. Wir kickten so lange mit der Dose herum, bis der Lärm einige Leute aufgescheucht hatte, die entnervt aus den Fenstern schauten und uns unfreundliche Dinge zuriefen.

Darunter war offensichtlich auch die Mutter des Kleinen, der prompt aufhörte zu spielen, seine Siebensachen zusammenraffte und mit den Worten „Soll sofort reinkommen!" losrannte.

Ich lief hinter ihm her um seiner Mom zu erklären, dass ich für den Lärm verantwortlich war.

„Es ist nicht seine Schuld, es war meine Idee! Tut

mir leid, wenn wir sie gestört haben. Entschuldigen Sie bitte, Mrs. ...?"

„Beckham!", sagte sie, nickte kurz und sah den Kleinen an. „Na, dann – komm rein, David."

Die Unsichtbaren

Sie hingen in einer Reihe im onkologischen Bereich der städtischen Kliniken am Tropf. Während die von den Ärzten als lebensrettend gepriesene Substanz in ihre Adern floss, versuchte jede die lästige, aber notwendige Prozedur auf ihre Weise zu verarbeiten. Mental wie körperlich. Im Klinikum-Mitte hatten sie sich bei den regelmäßigen Chemotherapie-Behandlungen kennengelernt. Sehr schnell hatten sie herausgefunden, dass sie mit dem gleichen schwarzen Humor gesegnet waren, der ihnen erlaubte, ihre Krankheit mit erträglicher Distanz zu betrachten. Hier trafen sie regelmäßig aufeinander und tauschten sich aus. Agathe Bauer, Friedel Sonneberg, Karoline Feldspat und Ilse Kurz waren über die Zeit Freundinnen geworden.

Es war die Nachfeier anlässlich Ilses 77. Geburtstag im Café Möpschen. Die Stimmung war ausgelassen. Bunt gekleidet und gut geschminkt sahen sie beileibe nicht wie Frauen aus, die sich regelmäßig Gift durch die Adern tröpfeln lassen mussten. Durch Friedels gackerndes Lachen, das sich wie eine defekte Waschmaschine im Schleudergang anhörte, zogen sie unwirsche Blicke der anderen Gäste des Cafés auf sich. Die Vier, keine jünger als 70, fanden es toll, schräg angeschaut zu werden. Sie genossen es regelrecht. Normalerweise waren sie für ihre Mitmenschen eher unsichtbar. Wenige interessierten sich noch für Frauen ab 50, jenseits der 70 verschwanden sie aber völlig aus dem Blick ihrer Mitmenschen. Die bösen Blicke waren also viel besser als die übliche Ignoranz oder das ständige Mitleid, wenn bekannt wurde, welchen Hintergrund sie hatten. Heute hatten die Freundinnen das Gefühl, wie alle anderen beachtet zu werden und kicherten ausgelassen wie Teenager. Die vier Damen gaben ein lebensfrohes Bild ab. Sie redeten über Gott und die Welt und beschlossen irgendwann – nach einigen Likörchen – vor ihrem Ableben noch etwas Sinnvolles zu tun.

Friedel hatte einen blauen Turban auf dem Kopf, da ihr inzwischen alle Haare ausgefallen waren. Sie war die erste, die vollmundig erklärte: „Ich habe mir drei Dinge vorgenommen zu tun, bevor ich abtrete! Ich werde meine bisher streng geheimgehaltenen Kuchenrezepte niederschreiben und veröffentlichen! Ich werde mich nach 35 Jahren Sendepause mit meiner besserwisserischen Schwester vertragen! Und ich werde heiraten! Einen Flüchtling! So, jetzt seid ihr dran."

„Warten wir mal ab, wie es morgen aussieht, wenn du wieder nüchtern bist, Friedel", warf Ilse ein.

„Kuchenrezepte veröffentlichen und Frieden mit der Schwester schließen finde ich gut. Aber zu heiraten! Ist das wirklich sinnvoll? Stell dir mal vor, du wirst trotz deiner Leukämie 100. Dann hast du dir einen Kerl ans Bein gebunden. Ich dachte, du bist überzeugte Junggesellin. Und dann noch einen, der aus einem anderen Kulturkreis kommt! Was ist, wenn ihr euch gar nicht versteht?"

Friedel erwiderte gackernd: „Das Risiko hast du doch immer. Ich bin Westfälin, stell dir vor, was passiert, wenn ich einen Sachsen oder Bayer heirate. Kann gut gehen, kann aber auch daneben gehen. Ich habe einen sehr netten Mann aus dem Übergangsheim am Ende unserer Straße kennengelernt. Einen Syrer.

Vor Monaten habe ich ihn im Wald beim Spazierengehen getroffen. Er lächelte mich kurz an und sammelte dann weiter Grünzeug und Beeren. Fast täglich traf ich ihn auf meiner Strecke. Er war immer freundlich. Einmal hat er mir einen Strauß Wiesenblumen in die Hand gedrückt. Schließlich habe ich ihn angesprochen. Zum Glück spricht er sehr gut Englisch. Um es kurz zu machen, er heißt Abdul, ist zehn Jahre jünger als ich, hat im Krieg fast seine ganze Familie verloren und war in seiner Heimat Apotheker. Er soll ausgewiesen werden aus Gründen, die ich nicht verstanden habe. Deshalb habe ich beschlossen ihn zu heiraten! Macht euch keine Sorgen. Ich weiß mich zu behaupten. Außerdem werde ich immer risikofreudiger, je weniger Zeit mir bleibt. Ihr wisst, dass ich kein Opfertyp bin, oder?"

Die anderen nickten. Ja, Friedel war respekteinflößend.

Ilse, das Geburtstagskind, sagte: „Ich werde mit meinen Kindern verreisen. Vielleicht nach Australien oder Neuseeland für sechs Wochen. Dann meine Beerdigung planen und noch ein großes fröhliches Abschiedsfest mit Familie und Freunden feiern. Das war's!"

Die drei anderen schauten sie erstaunt an.

„Schlägt die Therapie bei dir nicht an?", fragte Agathe. Ilse schüttelte den Kopf.

„Nein, tut sie nicht mehr. Ein halbes Jahr gibt man mir noch. Mit Chemo!

Wenn das Gift dir langsam in die Adern fließt

und den Rest deines Lebens dir damit vermiest,
hast du für rasches Handeln einen guten Grund,
denn du wirst bald sterben und nicht mehr gesund.

Das ging mir durch den Kopf, als ich es erfahren habe. Immerhin bin ich jetzt 77 Jahre alt, das ist doch schon was, oder? James Dean ist nur 24 geworden, Mozart 35 und die Monroe 36!"

Ilse machte keinen traurigen oder gar niedergeschlagenen Eindruck.

„Ganz ehrlich, seit 15 Jahren ärgere ich mich mit dieser Krankheit herum. Zweimal haben wir gedacht, es ist überstanden und dann, zack, hatte sich wieder ein Tumor gebildet. Mittlerweile habe ich so viel Zeit zum Nachdenken gehabt, dass mir der Gedanke an den Tod keine Angst mehr macht. Aber das kennt ihr vielleicht. Ich habe nur das Gefühl, vorher noch mal etwas erleben zu müssen. Etwas Besonderes!"

„Und deshalb die Reise nach Australien oder Neuseeland? Ist bestimmt toll!", sagte Friedel, während Karoline und Agathe trübsinnig in ihre Gläser schauten.

Ilse versuchte sie aufzumuntern.

„Hey! Kein Grund auf meiner Geburtstagsfeier in trüben Gedanken zu versinken. Noch lebe ich! Ich bestelle uns noch eine Runde Likör!"

„Ganz so gelassen wie du sehe ich das zwar nicht", sagte Karoline, „aber im Endeffekt nützt es ja nichts Angst zu haben. Irgendwann ist eben einfach Schluss. Die ständige Furcht und Grübelei schlägt nur aufs Gemüt und zieht mir die wenige Kraft weg, die ich noch habe. Ich bin froh, dass Friedel die Risikofreudigkeit angesprochen hat! Sie hat Recht! Vielleicht wäre es etwas anderes, wenn ich gesund wäre. Aber ich will auch kein Opfer mehr sein. Also werde ich meine Energie lieber nach außen richten. Große Reisen liegen mir nicht, aber noch etwas Besonderes erleben zu wollen, kann ich nachvollziehen. Ich würde so gerne anderen Menschen helfen. Ich würde gerne Heldentaten vollbringen! Nicht so wie Friedel mit dem Heiraten, aber es gibt ja noch andere Möglichkeiten. Etwas Unkonventionelles."

„Und das wäre?", fragte Agathe neugierig. „Ich denke da nämlich ähnlich wie du, Karoline. Vielleicht können wir uns zusammentun." Karoline überlegte einen Moment.

„Nehmen wir mal an, wir könnten zum Beispiel Taschenräuber und Diebe überführen", sagte sie mit konspirativer Stimme. Die anderen reagierten mit erstaunten Blicken.

„Wisst ihr noch, wie fertig ich letztes Jahr im Oktober war, als mir ein junger Kerl die Einkaufstasche aus der Hand gerissen hat? Haustürschlüssel, Portemonnaie und Papiere waren futsch. Seitdem denke ich darüber nach, wie man solche Diebe abschrecken, überführen oder außer Gefecht setzen kann."

„Und? Hast du eine Idee?", fragte Ilse.

„Ja, habe ich! Ist wahrscheinlich nicht ganz legal, aber ich tue mir und anderen Raubopfern vielleicht einen Gefallen damit, und zu verlieren habe ich ja eigentlich auch nichts."

„Na, komm! Nun sag schon. Lass uns doch nicht so

zappeln", forderte Agathe.

„Ich habe vor, Einkaufstaschen zu präparieren! Ich kaufe billige Geldbörsen und versehe die Verschlüsse mit Kapseln, die mit Sekundenkleber gefüllt sind. Wenn der Dieb oder die Diebin versucht, die Börse zu öffnen, beschädigen sie automatisch die Klebekapseln. Dann bleiben sie an dem Portemonnaie und vermutlich auch an der Einkaufstasche kleben und können dadurch identifiziert werden. Ich habe einige Selbstversuche gemacht, mit Handschuhen selbstverständlich, und festgestellt, dass das ganz gut funktioniert. Du hängst wirklich an dem Ding fest und kriegst vermutlich echte Hautprobleme an den Fingerkuppen, wenn du versuchst dich loszureißen. Bisher habe ich mich nicht getraut das Ganze umzusetzen, aber wenn du mitmachst, Agathe, dann können wir gleich morgen loslegen."

„Moment mal", warf Agathe ein, „wie soll das gehen? Wie und wo treffen wir auf diese Verbrecher? Diebe laufen ja Gott sei Dank nicht immer und überall herum."

„Aber es gibt sie. Es gibt Orte, wo vermehrt Diebstähle stattfinden, Einkaufszentren, Bahnhöfe. Orte, wo Menschen dicht aneinander gedrängt vorbeilaufen. Und wir sind die perfekten Opfer. Wir sind alt, wehren uns nicht und werden von Passanten weitestgehend nicht beachtet. Du musst dich schon auf den Boden werfen um Aufmerksamkeit zu erregen. Und selbst dann ist nicht sicher, ob dir jemand hilft oder einfach achtlos vorbeigeht. Falls doch jemand bereit ist, nach dem Dieb zu suchen, ist der längst in der Masse verschwunden. Nein, es wird Zeit selbst etwas dagegen zu unternehmen und die Opferhaltung abzulegen. Das ist doch auch etwas Besonderes, oder?"

„Wir laufen also mit präparierten Einkaufstaschen herum und warten darauf beraubt zu werden? Eigentlich bin ich ja eher der musische Typ. Darüber muss ich erstmal nachdenken", sagte Agathe skeptisch.

„Ich finde die Idee mit dem Sekundenkleber gar nicht schlecht. Einer, der eine Geldbörse oder Einkaufstasche an den Händen kleben hat, ist auffällig", meldete sich Friedel zu Wort. „Nur finde ich den Gedanken beunruhigend, dass ihr euch freiwillig in die Gefahr begebt verletzt zu werden."

„Auch darüber habe ich lange nachgedacht", sagte Karoline. „Der Kerl, der mir damals die Tasche entrissen hat, der wollte möglichst schnell Beute machen und dann verschwinden. Taschendiebe wollen am liebsten, dass man den Verlust gar nicht erst bemerkt. Ich glaube nicht, dass es wirklich gefährlich ist. Mein Krebs scheint mir gefährlicher."

„Ich finde die Idee auch gut." Ilse hatte bisher nur aufmerksam zugehört. Sie erhob sich mit dem Glas in der Hand. „Falls ihr euch entschließen solltet, das tatsächlich durchzuziehen, helfe ich gerne bei den Vorbereitungen und würde in der Nähe bleiben, damit ihr nicht alleine seid. Also Prost! Auf das Kleben!"

„Na gut, wenn ihr alle von der Sache so überzeugt seid, dann mache ich natürlich auch mit", sagte Agathe.

Es war spät geworden. Sie bestellten noch eine Runde Likör und verließen als letzte das Lokal.

Jeweils als Zweiergespann gingen sie los. Die eine spielte das klassische Opfer, den Lockvogel. Gut, aber unauffällig gekleidet, mit ängstlichem Gesichtsausdruck, fahrigen Blicken und unsicherem Gang lief das Opfer mit der neonroten oder giftgrünen Einkaufstasche inklusive präparierter Geldbörse in der Hand vorneweg. Die andere, ohne Tasche und sportlich gekleidet, lief selbstbewusst und voller Jagdeifer im Abstand von fünf Metern hinterher. Team 1 bestand aus Karoline, die gerne das Opfer spielte und Agathe, die mit ihrer Rolle als Verfolgerin vollkommen zufrieden war. Team 2, das etwas später zum Einsatz kam, bildeten Friedel und Ilse, die sich in den Rollen abwechselten. Ihren ersten Fang machten sie in einem Einkaufszentrum. Karoline, die Agathe in sicherer Nähe wusste, spürte plötzlich einen leichten Ruck an ihrer Tasche und zack, war die Geldbörse weg. Sie hatte es gespürt, konnte aber tatsächlich keinen Dieb entdecken. Agathe hatte alles beobachtet und verfolgte den Mann. Karoline heftete sich wiederum an Agathes Fersen und brachte mit dem Ausruf: „Achtung! Da läuft einer, der wollte Ihnen gerade Ihr Handy klauen", mehrere Männer auf den Plan, die ihr reflexartig, ohne zu fragen folgten. Sie hatten eine Weile gebraucht, den richtigen Spruch zu finden, der Männer dazu bringt, einer alten Frau hinterherzulaufen. „Helfen Sie mir, ich wurde bestohlen" oder „Haltet den Dieb" verpufften und verursachten bestenfalls einen skeptischen Blick. Der richtige Spruch brachte die Männer also auf die Spur.

In einem Fotofix-Automaten stellten sie den Dieb.

Der versuchte verzweifelt, seine Finger von einer Geld-börse zu lösen, auf der zu lesen stand: Ich bin Diebes-gut.

Die Polizei wurde gerufen, der Dieb verhaftet und keiner der Männer konnte sich später an die beiden alten Frauen erinnern, denen sie hinterhergelaufen waren.

An jenem Abend wurde gefeiert.

Team 1 war der erste Fisch ins Netz gegangen! Die Sache funktionierte und begann sportlichen Charakter anzunehmen. Es gab Varianten. Beispielsweise auf einer Bank an belebten Plätzen zu sitzen, die Tasche abzulegen und sich kurz mit etwas anderem zu beschäftigen. Das hatte den Vorzug, dass sie nicht die ganze Zeit herumlaufen mussten. Vor allem nach einer neuen Chemo fiel ihnen die Verfolgung besonders schwer. Damit die Jagdsaison nicht gleich ganz ausfiel, gab es noch andere Optionen. Im Bus, in der Bahn oder im Zug war es am bequemsten und die Trefferquote am höchsten. Beide Teams waren sehr erfolgreich.

Die Zeitungen nahmen das Thema dankbar auf. „Diebstahlquote sinkt massiv. Die unsichtbaren Helfer schlagen wieder zu", hieß es. Tatsächlich wusste keiner, wie sie aussahen oder wer sie waren. Es gab sogar Zeugen, die sich nicht einmal erinnern konnten, ob es sich um Männer oder Frauen handelte, die letztendlich zur Ergreifung der Diebe geführt hatten.

„Na ja, ich finde, es hat manchmal auch Vorteile, unsichtbar zu sein", sagte Agathe. „Ein bisschen fühlt es sich an wie Superheldinnen zu sein, oder?" Sie reichte die Zeitung an Ilse weiter. Wieder saßen sie in der Onkologie in einer Reihe am Tropf.

„Abdul wundert sich, dass wir Mädels so viel Zeit miteinander verbringen", gackerte Friedel.

„Wie läuft's denn so mit dem Ehemann?", fragte Karoline.

„Sehr gut. Ich hab's bisher nicht bereut. Aber ich bin ja auch kaum zu Hause", antwortete Friedel.

„Ach übrigens, ich feiere bald meine große Abschiedsparty." Ilse kramte in ihrer Handtasche und holte Einladungskarten heraus.

Die anderen nahmen schweigend die Karten entgegen.

„Ist es bald soweit?", fragte Karoline.

Ilse nickte. „Ich danke euch. Es war mir eine Ehre. Aber ihr macht weiter, oder?"

Ihre Freundinnen nickten.

„Ja, verlass dich auf uns. Aufgeben ist keine Option. Wir machen weiter!"

Gartenfreunde

Ich bin zwischen Gartenzwergen, Bohnenstangen und Bahngleisen aufgewachsen, denn seitdem ich denken kann, gehört der Schrebergarten zu unserer Familienkultur. Es vergeht kaum ein Wochenende, an dem sich nicht wenigstens die Hälfte der Familie dort einfindet.

Vor ein paar Jahren waren wir noch „unter uns", wie Oma immer sagte. Unsere Gartennachbarn trugen Namen wie Schmitz, Bergmeier, Piepennagel und Stroht. Man aß Kraut- und Kartoffelsalat mit Bratwürstchen und trank Dortmunder Pilsner dazu. Ich heiße übrigens Philomena Wieczorek, ein Name, den kaum jemand auf Anhieb richtig ausspricht, geschweige denn schreibt. Oma verschwieg unsere polnische Herkunft zum damaligen Zeitpunkt allerdings beharrlich.

Heute haben wir mit Ayse, Labinot, Boris, Lediana, Liam, Ludmilla und Georgios zu tun. Die Gartenernährung ist erweitert worden. Zur guten deutschen Grillwurst kommen Tsatsiki, Köfte und Piroggen und im Kühlschrank pflegt unser heimisches Bier die friedliche Nachbarschaft mit Guinness, Ouzo und Wodka.

Nach einer gewissen Zeit des Kennenlernens verfügt inzwischen jede Gartenlaube unserer Anlage über einen selbstgeknüpften Tischläufer mit Rotwildmotiven aus Omas Werkstatt.

Meine Mutter dagegen spricht nur selten mit den Gartennachbarn.

Mein Vater und mein Bruder tauschen nicht nur Saatgut, Sportinformationen und Spirituosen internationaler Herkunft über die Gartengrenzen aus, sondern auch Sorgen um den Arbeitsplatz oder Familiengeheimnisse überwinden manchmal die Jägerzäune und Tuja-Hecken.

Labinot und Lediana kamen vor acht Jahren aus Albanien nach Deutschland. Lediana kennt außer „Montag", wovon sie vermutlich denkt, dass es „Guten Tag" bedeutet, kein einziges deutsches Wort.

Labinot erlaubt ihr offenbar nicht einen Deutschkurs zu besuchen. Meine Oma sagt immer, dass er liebevoller mit seinem Hund umgeht als mit seiner Frau. Hin und wieder sieht man Lediana mit blauen Flecken an den Unterarmen und im Gesicht. Omas beherzte Versuche Lediana zu helfen, scheiterten jedoch bisher an der Sprachbarriere.

Lediana bekommt jedes Jahr ein Kind. Inzwischen sind es sieben. Was Labinot außer Kinder zeugen und Muskeln aufbauen noch tut, ist nicht bekannt. Er sitzt ab nachmittags im Garten, trinkt einen Mokka nach dem anderen, guckt seiner Frau grimmig beim Unkrautjäten zu, stemmt Handgewichte und schimpft mit den Kindern.

Als Lediana mir kürzlich wieder schluchzend und mit blutender Unterlippe entgegenkam, beschloss ich, bei nächster Gelegenheit noch einmal mit Labinot zu reden, doch meine Mutter bremste mich direkt aus: „Das ist verschwendete Liebesmüh, Philomena. Bei solchen Kerlen kommst du mit guten Worten allein nicht weiter, außerdem ist das Verprügeln von Ehefrauen keine typisch albanische Angewohnheit, sondern auch in gutbürgerlichen deutschen Kreisen üblich, das kannst du mir glauben. Aber irgendwann wird der Gerechtigkeit schon Genüge getan!"

Als ich sie fragte, was sie damit meine und was wir tun sollten, zuckte sie nur mit den Schultern und sagte: „Kommt Zeit, kommt Rat!"

Ich beschloss zu Ludmilla und Boris zu gehen.

Die beiden sind vor gut dreizehn Jahren in unsere Stadt gezogen und sprechen leidlich gut Deutsch. Boris war anfangs spindeldürr und behaart wie ein Gorilla. Inzwischen wiegt er aber mindestens 150 Kilo, hat weit mehr Brust als ich und ist fast kahl. Die westfälische Küche, die er so liebt, scheint ihm gut zu bekommen. Obwohl er ein Schrank von einem Mann ist, kenne ich ihn nur als außergewöhnlich sensiblen und verständnisvollen Menschen.

Er ist sehr emotional, weint viel und kümmert sich rührend um seine Frau. Ludmilla hat bis zur Pensionierung als Schulbusfahrerin gearbeitet und strotzt vor Lebensfreude. Sie wirkt wie eine etwas kleinere weibliche Ausgabe von Boris mit dem Unterschied, dass sie prachtvolles, immer noch naturschwarzes Haar hat und stark geschminkt ist.

Sie legt gerne mindestens drei Parfüme gleichzeitig auf, was meine Geruchsnerven bei jedem Zusammentreffen augenblicklich betäubt und mein Gleichgewichtssystem gefährlich ins Wanken bringt.

Ich klopfte also bei ihnen an und Ludmilla, eingehüllt in einer Dunstwolke aus Patchouli, Chanel No. 5 und Echt Kölnisch Wasser, begrüßte mich strahlend.

Boris war noch unterwegs, um seine Inspektionsrunde durch die Anlage zu drehen. Ludmilla goss uns heißen schwarzen Tee aus dem Samowar ein und setzte sich zu mir.

Als ich das Thema Labinot und Lediana zur Sprache brachte, nickte Ludmilla betrübt und sagte: „Ja, weiß ich das! Err schlagt Frau und schimpfen Kinderrn. Mussen helfen! War mein Boris auch so manchenmal, issen aber ganz frriedlich geworden durrch Medesini."

„Was? Boris hat dich auch geschlagen?"

„Ja, aberr issen nich merr. Issen vorrbei! Mussen zu Doktor, frragen fur Liebesmedesini und gutt."

„Ludmilla, ich versteh nur Bahnhof! Was soll das sein: Liebesmedizin?"

„Warr gegangen ich zu Doktor und habe gesagt ich ihm, dass ich brauche Medikament fur Liebe und Friede. Hatte er mir gegeben uberweisen zu Arztfrau. Da habe ich bekommen Medezini, so kleine Dings, und gutt."

„Und die hast du genommen und Boris ist friedlicher geworden? Wie soll das gehen?", fragte ich verwirrt.

„Nein. Warrum ich soll nehmen das? Bin ich frriedlich von alleine. Nein, Boris habe genimmt jeden Tag eine kleine Dings, bis heute. Machte Boris zu gute Zuhaerer und hatt er viele Verstendnis merr fur mich. Hatte er nich merr so viele Kratzebart, machte schene dicke runde Kerrper, lasst er mich schlafen in Bett nachts in Ruhe und alles gutt!"

„Und die Medizin hat er einfach so eingenommen?

Was hast du ihm gesagt, warum er sie nehmen soll?"

„Hab gesagt ich ihm, das macht schene Kerrrper und ruhige Geist, dauerrt nur eine bissche. Hat er sich gewaehnt drran, und gutt!"

Wir blickten beide schweigend aus dem Fenster der Gartenlaube und sahen im nächsten Augenblick Labinot mit seinen Handgewichten um die Ecke biegen. Ächzend ließ er sich in seinen Sessel fallen und brüllte lauthals nach Lediana. Diese kam erschrocken hinter den Stangenbohnen hervorgesprungen und sprach beschwichtigend auf ihn ein, während sie sich die Hände an ihrer Kittelschürze abwischte. Dann lief sie rasch zur Laube, wahrscheinlich um ihm einen Mokka zu kochen.

„Und? Glaubst du, bei ihm würde das genauso funktionieren wie bei deinem Boris?"

Ludmilla nickte und zuckte gleichzeitig mit den Schultern.

„Aber wie kommen wir an diese Medizin ran, Ludmilla? Und wie schaffen wir es, ihm die dann auch noch zu verabreichen?"

„Ayse kann rrede mit Lediana. Sie verrsteh vielleich eine bissche turkisch. Solle hole fur sich selber bei Arztfrau gleiche Medezini was is gutt fur mein Boris. Dann sie kann Labinot gebe kleine Dings in sein Mokka. Hast du geseh, wieviel er trinke Mokka? Er immer kippte ganze Tasse in eins. Nich gutt." Missbilligend schüttelte sie den Kopf.

„Mmh! Ja, warum nicht? So könnte es gehen, versuchen wir's. Ayse macht bestimmt mit, denn ihr tut Lediana auch ziemlich leid. Die anderen müssen ja nicht unbedingt eingeweiht werden. Jetzt bin ich aber wirklich neugierig, was für ein Wundermittel das überhaupt ist. Zeig doch mal her, Ludmilla!"

Sie stand auf, kramte in einer Kiste, die auf dem Küchenschrank stand und reichte mir schließlich eine Arzneimittelpackung mit 28 kleinen, teils verschiedenfarbigen Pillen. Ich war völlig perplex.

„Ludmilla, du weißt, was das ist, oder?", fragte ich sie streng.

Sie schaute mich unschuldig an und erwiderte treuherzig: „Ja, weiße ich dasss! Iste Pille! Aber egal, hilfte uns beide und gutt."

„Ich nehme mal an, Boris weiß nicht, was er da einnimmt, oder?"

„Nein, will ich nicht verwirren ihm." Sie winkte kopfschüttelnd ab.

„Mensch, Ludmilla! Ich hätte wirklich nicht gedacht, dass du auf solch verrückte Ideen kommst!"

„War meine Idee nichte, Philomena!", sagte Ludmilla gedankenverloren, schlug sich dann plötzlich erschrocken auf den Mund und wurde rot.

„Wie? Wer ist denn so raffiniert?"

Ich konnte mir beim besten Willen nicht vorstellen, dass irgendjemand aus Ludmillas Bekanntenkreis so durchtrieben sein sollte.

„Kanne ich nich sage, mussete versprechen, ich schweige wie Grrapp!"

„Ach komm Ludmilla, ich erzähle dir doch auch immer alles. Ich sag's auch bestimmt nicht weiter. Ehrenwort!"

Ludmilla musterte mich skeptisch. Es war ihr anzusehen, dass ein innerer Kampf in ihr tobte. Schließlich siegte aber, wie erwartet, ihr Mitteilungsdrang: „Na gutte! Warr deine Mama! Ja, kuckst du komisch! Hatte doch schon gut geklappte bei deine Opa und deine Papa! Sagte nicht viel, deine Mama, habe aber immer schlaue Idee. Kommte Zeite, kommte Rate! Und, willest du noch eine Tee?"

Wie meine Oma sesshaft wurde

Fragen nach meiner Mutter habe ich bisher nicht zufriedenstellend beantworten können, denn ich habe sie bisher noch nicht wirklich kennengelernt. Meinen Vater übrigens auch nicht. Meine Mutter wurde mit 16 Jahren schwanger, brachte mich mit knapp 17 zur Welt und verschwand, bevor ich den ersten Zahn bekam, zuerst nach Nepal, später nach Alaska. Wer mein Vater war, wusste sie wohl selbst nicht so genau. Auch die Umstände meiner Zeugung sind nicht bekannt. Meine Oma, also die Mutter meiner Mutter, hat mich großgezogen. Wahrscheinlich war das das Beste, was mir passieren konnte.

Ich habe Oma immer Mamele genannt, auch heute noch nenne ich sie so. Ich habe nie etwas vermisst, weil ich von ihr alles bekam, was ein Kind braucht. Sie ist die warmherzigste und liebenswerteste Frau, die ich kenne, und sie ist gesegnet mit einem umwerfend trockenen Humor. Mein Großvater war ein echter Seemann und immer unterwegs.

Mamele und ich waren zwar allein, aber glücklich. Wir bekamen ständig bunte Ansichtskarten aus aller Welt, von Großvater und meiner Mutter, als Zeichen der Verbundenheit an ihre Lieben daheim! Wir haben oft darüber spekuliert, ob die Wege von Opa und meiner Mutter sich wohl ab und zu mal gekreuzt haben. Und wenn es so gewesen wäre, ob sie sich überhaupt erkannt hätten.

Als ich in die Schule kam, hat Mamele eine riesige Weltkarte gekauft, ins Wohnzimmer gehängt und gesagt: „Zeit für geographische Bestandsaufnahmen!"

Dann haben wir alle Ansichtskarten unserer nichtsesshaften Familienmitglieder chronologisch geordnet und die Absendeorte auf der Weltkarte mit Stecknadeln versehen. Meine Mutter bekam die Nadeln mit den roten Köpfchen, mein Opa die mit den blauen. Ganz filigran waren kleine Fähnchen mit Datumsangaben daran befestigt.

Ich kann zwar nur für mich sprechen, aber ich glaube, Mamele und ich hatten uns mit diesem Zustand sehr gut arrangiert. Es ging uns einfach gut! Wir übersäten die Weltkarte mit Stecknadeln, denn Opa und meine Mutter schrieben in regelmäßigen Abständen und sorgten dafür, dass der Kontakt erhalten blieb. Mamele und ich hingegen hatten aber beide nicht das Bedürfnis, selbst in die Welt hinauszugehen. Ein einziges Mal haben wir Urlaub im Schwarzwald gemacht und danach beschlossen, nie wieder so weit von zu Hause weg zu fahren. Wir wohnten damals in der Nähe von Köln. Irgendwann, ich hatte gerade mein Studium beendet und wohnte schon in Bochum, kehrte mein Opa dann schwerkrank nach Hause zurück. Er hatte Parkinson im fortgeschrittenen Stadium und war nicht mehr in der Lage etwas festhalten oder sich schnell bewegen zu können. Im Grunde war er ein liebenswürdiger Mann, der Zeit seines Lebens keine harte Arbeit gescheut hatte, dem allerdings die Freiheit und die Weite des Meeres das Wichtigste waren.

Jetzt, durch die Krankheit zum Nichtstun und zur Bewegungslosigkeit verurteilt, begann er griesgrämig zu werden und meine Mamele zu terrorisieren. Stundenlang saß er am Fenster und starrte in die Ferne. Ihre Versuche ihn aufzumuntern wies er schroff zurück. Kam eine Ansichtskarte von meiner Mutter, musste Mamele sie verstecken, weil Opa sonst wieder einen depressiven Schub bekam.

Eines Tages hatte er, offensichtlich in Aufbietung seiner letzten Kräfte, die Weltkarte von der Wohnzimmerwand gerissen. Als Mamele nach Hause kam, sah sie ihn mit ausdruckslosem Gesicht auf dem Boden liegen, über und über gespickt mit roten und blauen Stecknadeln. Sie sagte mir später, das sei der Augenblick gewesen, als sie den Entschluss gefasst habe, ihn von seinem Leiden zu befreien. Sie hat die Badewanne volllaufen lassen und Großvater mit Hilfe seines Rollstuhls ins Bad gebracht. Dort habe sie ihn in die Badewanne bugsiert und ein letztes Mal liebevoll gewaschen. Sie habe ihm die erstarrten Muskeln massiert und pausenlos auf ihn eingeredet. Sie hat ihm von sich, von mir und von seiner rastlosen Tochter erzählt. Sie hat ihm etwas vorgesungen, Lieder improvisiert über Orte, an denen er war und die sie von den Ansichtskarten kannte, bis er schließlich eingeschlafen war.

Dann hat sie ihn alleingelassen, bewegungsunfähig in der vollgelaufenen Badewanne liegend.

Als sie zwei Stunden später nach ihm gesehen habe, sei er nahezu schwerelos in der Wanne gelegen, vollkommen von Wasser bedeckt und mit einem seligen Ausdruck auf dem Gesicht und einem Lächeln auf den Lippen. Sie wäre wegen unterlassener Hilfeleistung oder Totschlags maximal zu sieben Jahren Gefängnis auf Bewährung verurteilt worden, wenn sie die Wahrheit gesagt hätte. Als sie jedoch ganz ruhig, ohne „Reue", wie es später in der Anklageschrift hieß, erklärte, sie habe die Tat von langer Hand geplant und würde es jederzeit wieder tun, wurde sie wegen Mordes zu 15 Jahren Haft ohne Bewährung verurteilt. Sie nahm das Urteil völlig gelassen hin. Als ich aufgebracht Revision dagegen einlegen wollte, bremste sie mich aus und sagte: „Lass mal gut sein! Ich glaube nicht, dass es mir hier schlechter gehen wird als da draußen. Weißt du, dein Großvater hat leider keine Rente eingezahlt. Ich müsste von der Sozialhilfe leben. Schlimmer noch, vielleicht müsstest sogar du für mich aufkommen. Ich will dir auf keinen Fall zur Last fallen. Wichtig ist doch nur, dass ich ein reines Gewissen habe! Und das weißt du genauso gut wie ich! Hier habe ich ein Dach über dem Kopf und regelmäßig etwas zu essen. Ich brauche mich um gar nichts zu kümmern, ist das nicht großartig? Endlich kann ich in Ruhe lesen und schreiben und meine Zelle – mein Zimmer – ist hell und gemütlich. Ich habe sogar nette Gesellschaft. Es sind einige Damen hier, mit denen ich mich gut verstehe. Die haben sich auch nur verurteilen lassen, weil sie sich keinen Platz im Heim leisten konnten und ihren Angehörigen nicht auf der Tasche liegen wollten. Im Altenheim oder in einem Hotel wäre es vom Service her auch nicht viel anders. Verreisen wollte ich sowieso nicht, und wenn du mich ab und zu besuchen kommst, habe ich etwas, worauf ich mich freuen kann. Nur um ein paar Dinge möchte ich dich bitten: Bring mir bitte die Ansichtskarten, die Stecknadeln und die Weltkarte mit. Und noch etwas, vielleicht kannst du einen Nachsendeantrag für mich bei der Post stellen, damit ich die Ansichtskarten deiner Mutter weiterhin bekomme."

Seitdem besuche ich meine Mamele jede Woche mehrmals in der JVA Gelsenkirchen. Sie ist im Gegensatz zu meiner Mutter im wahrsten Sinne des Wortes sesshaft – und das auf eigenen Wunsch.

Frau Münchdorfs Nachlass

Pastor Leinfelder saß vor einem Berg Aktenordner und blätterte mit wachsendem Erstaunen diverse Papiere durch. Bis vor wenigen Stunden noch war er der festen Überzeugung gewesen, ihn könne nichts mehr überraschen. Als Pastor hatte er schon die ganze Bandbreite menschlicher Tugenden und Abgründe hautnah miterlebt. Achtsam hütete er die Schäfchen seiner Gemeinde, und die Mitgliedschaft im hiesigen Schützenverein sowie im Harley-Davidson-Club kennzeichnete seine Weltoffenheit.

Er hätte Stein und Bein geschworen, dass er ein guter Menschenkenner war und ihn nicht mehr viel überraschen konnte.

Nun hatte man ihm den Nachlass von Frau Münchdorf übergeben. Er kannte sie schon seit seiner frühen Kindheit, denn Frau Münchdorf betrieb seit gefühlt 100 Jahren den Kiosk am Kirchplatz. Sowohl sein Weg zum Kindergarten als auch der zur Schule – eigentlich alle Wege – führten unausweichlich an Frau Münchdorfs Bude vorbei. Sie war stadtbekannt für ihre bunten Tüten und ihre abenteuerliche Kleidung. Gespräche beendete sie fast immer mit einer Floskel: „Ja, ja! Man kann die Leute auch nur vorm Kopp gucken, woll?" oder „Nix is wie's scheint, sach ich immer."

Ihr bisweilen ruppiger Ton konnte nicht darüber hinwegtäuschen, dass sie hilfsbereit war und ein gutes Herz hatte. Wer zu ihr kam und reden wollte, fand immer ein offenes Ohr. In den wenigen Gesprächen, die er als Pastor mit ihr geführt hatte, kam sie ihm allerdings ein bisschen einfältig vor. Sie hatte keine Angehörigen mehr und war vor wenigen Tagen im Alter von 92 Jahren vor ihren Schöpfer getreten.

Frau Münchdorf hatte keinen Vornamen, zumindest bis heute. Erst durch die Papiere, die vor ihm lagen, erfuhr er, dass sie Maria Agnes Elisabeth Münchdorf, geborene Grünbaum geheißen hatte.

Leinfelder saß da und las fasziniert ihre Aufzeichnungen und Dokumente. Eine Seite erregte seine Aufmerksamkeit ganz besonders. Er schüttelte ungläubig den Kopf während er las, legte anschließend das Blatt zur Seite und ließ im Geiste seine Erinnerungen Revue passieren. Einige längst vergessene Bilder aus der Kindheit bahnten sich langsam den Weg in sein Bewusstsein.

Er war sieben und hatte auf dem Weg zur Schule ein Markstück aufgehoben. Eine elegant gekleidete Dame, die etwa 20 Meter vor ihm ging, hatte es verloren. Die Münze lag im Rinnstein, wo sie verführerisch glänzte und in der Sonne blinkte. Schnell hatte er sich gebückt und sie mit klopfendem Herzen in seiner Hosentasche verschwinden lassen.

Ja! Er hätte die Dame ansprechen sollen. Hätte ihr sagen sollen, dass sie die Münze verloren hatte. Ja! Er hatte es nicht getan und war mit einem furchtbar schlechten Gewissen zur Schule gegangen. Ja! Er hatte etwas Unrechtes getan. Und ja! Es war ein neues und vor allem aufregendes Gefühl. Er hatte sich vorgenommen, Gott abends beim Nachtgebet zu erklären, dass er einfach nicht anders gekonnt hatte. Immerhin hatte er,

Gott, ja auch nicht verhindert, dass die Mark verloren gegangen war. Er wollte den Allmächtigen um Vergebung bitten und irgendetwas ganz besonders Gutes tun um seine Sünde wieder reinzuwaschen.

Pastor Leinfelder seufzte. Die Erinnerung daran war auch über 40 Jahre später noch sehr lebendig.

Er hatte damals in der Schule gesessen und immer wieder in seiner Hosentasche nachgefühlt, ob die Münze noch da war. Er war aufgeregt. Seine Gedanken kreisten nicht um die Aufgaben, die Fräulein Schramm, in die er damals sehr verliebt war, an die Tafel schrieb, sondern er malte sich aus, was man alles für eine Mark bei Frau Münchdorf kaufen konnte. Es war das einzige Mal, dass ihm Frau Münchdorf attraktiver erschien als Fräulein Schramm. Er konnte das Unterrichtsende kaum erwarten.

Schließlich war es so weit. Die Schule war aus. Er rannte zur Bude, riss die Tür auf und hoffte inständig, dass Frau Münchdorf ihn nicht fragen würde, woher er soviel Geld für Süßigkeiten hatte.

Sie kam, wie immer einen Hauch Zigarettenmief hinter sich her ziehend, durch einen Kettenvorhang aus dem mysteriösen Zimmer hinter dem Verkaufsraum. Niemand wusste, was sich dort verbarg. Böse Stimmen unkten noch Jahre später, dass Frau Münchdorf dort möglicherweise schwarze Messen zelebrierte. Eine erschreckend hässliche lindgrüne Kittelbluse mit vielen zusätzlich aufgenähten Taschen spannte sich wie ein umgestülpter Sack über ihren imposanten Oberkörper. Zwei dünne, nylonbestrumpfte Beinchen lugten aus dem Stoff hervor und mündeten, sommers wie winters, in braune Gesundheitssandalen. Auf dem Kopf trug sie ein Handtuch, das sie kunstvoll zu einer Art Turban gewickelt hatte, jedes Mal in einer anderen Farbe. Niemand hatte je ihre Haare gesehen. Man konnte fast annehmen, dass Frau Münchdorf recht uneitel war, was ihr äußeres Erscheinungsbild betraf. Freundlich hatte sie ihn damals angelächelt.

„Na, Jüngsken? Isset wieder soweit! Wat willze denn?" Sie griff nach einer Papiertüte und präsentierte mit einer ausladenden Geste die Schätze ihrer durchsichtigen Auslage.

„Ich hab 'ne Mark", hatte er damals herausposaunt.

„Ja, dat freut mich für dich. Aber wat willze denn gezz?"

In der Schule hatte er alles gedanklich durchgespielt. Er hatte viele Variationen einer gemischten Tüte im Wert von einer Mark vor seinem geistigen Auge gesehen: Colafläschchen, Weingummischnuller, Salinos, Nappos und Schaum-Erdbeeren, außerdem noch Veilchenpastillen, Schulkreide, Lakritzschnecken, Prickel-Pit, Brause im Goofie-Spender und Esspapier. Jetzt stand er da und hatte das erste Blackout seines Lebens. Mit sieben. In Frau Münchdorfs Bude. Mit der Mark in der Hand.

„Meinze wir schaffen dat, bevor ich in Rente geh?", fragte Frau Münchdorf trocken.

„Nee", hatte er damals gesagt, weil er nicht wusste, was in Rente gehen bedeutete.

„Gut! Dann geh ich wieder nach hinten, is vielleicht

auch besser so! Man kann die Leute auch nur vorn Kopp gucken, is doch wahr!" Sie hatte ihn durchdringend angeschaut mit einem „Ich-weiß-alles-über-dich-Blick", der ihn erschaudern ließ. Er stand stumm und zur Salzsäule erstarrt vor ihr. Nach ein paar Sekunden schließlich drehte sich Frau Münchdorf achselzuckend um und verschwand durch den Kettenvorhang in ihr Reich der Finsternis.

Verdattert hatte er ihr nachgeschaut, dann verschämt die Mark in seine Hosentasche zurückgesteckt und sich davongeschlichen. Er wollte es unbedingt am nächsten Tag noch einmal versuchen. Mit Heini Hagedorn als Verstärkung, auch wenn er ihm dann etwas von seinen Süßigkeiten würde abgeben müssen.

Pastor Leinfelder tauchte aus seinen Erinnerungen auf. Er hatte keine Süßigkeiten gekauft, sondern die Mark am darauffolgenden Sonntag nach dem Gottesdienst in den Klingelbeutel geworfen. Jetzt nahm er einen Stapel Papiere und las konzentriert weiter. Hin und wieder pfiff er leise durch die Zähne.

Als er alles durchgearbeitet hatte, wurde ihm so einiges klar. Zum Beispiel, dass er sich auf seine Menschenkenntnis, auf die er immer so große Stücke hielt, nicht unbedingt verlassen konnte. Zumindest was Frau Münchdorf anging.

Hier stand es, schwarz auf weiß! Die wichtigsten Eckdaten hatte Pastor Leinfelder auf einem DIN-A4-Blatt zusammengefasst, damit er seine Trauerrede daraus stricken konnte.

Frau Münchdorf, genauer gesagt Frau Dr. Münchdorf, 1925 als Maria Agnes Elisabeth Grünbaum in Wattenscheid geboren, hatte die Zwangsarbeit im Konzentrationslager Ravensbrück überlebt und zog im August 1945 nach Witten. 1953 heiratete sie einen Bergmann namens Münchdorf aus Haltern, der kurz nach der Hochzeit untertage verunglückte. 1954 trat sie eine Stelle als Verkäuferin in einem Lebensmittelgeschäft in Essen an. Sie begann sich neben der Arbeit weiterzubilden und machte 1962 am Abendgymnasium ihr Abitur nach. Als der Ladeninhaber starb, hinterließ er ihr sein Geschäft. Sie machte daraus eine Trinkhalle und richtete ihre Öffnungszeiten so ein, dass sie neben der Erwerbstätigkeit noch Psychologie und Soziologie studieren konnte. Auf diese Weise versuchte sie mehr über menschliches Verhalten zu erfahren, um so ihre Vergangenheit im KZ aufzuarbeiten. 1970 promovierte sie und veröffentlichte zahlreiche wissenschaftliche Aufsätze zur Verhaltensforschung in Fachmagazinen.

Die Eckdaten wollte er in seiner Trauerrede erwähnen. Nach reiflicher Überlegung hatte er jedoch entschieden, dass nicht alles zur Sprache kommen sollte.

Die Bude war nämlich nicht nur ihre Einnahmequelle, sondern auch das perfekte Terrain für ihre wissenschaftlichen Experimente. Sie hatte Feldstudien über menschliches Verhalten durchgeführt. Vorzugsweise in der Trinkhalle, aber auch auf der Straße. Sie hatte Menschen beobachtet, ausgefragt und sich Notizen dazu gemacht. Frau Münchdorf kannte die Menschen des Viertels besser als diese sich selbst. Sie hatte akribisch Buch geführt – über jeden und alles. Ihr Interesse galt der Entstehung von Vorurteilen, dem Umgang mit Wahrheit und Lüge und der Frage nach Unrechtsbewusstsein und Gewissen.

Und da kam er, Pastor Leinfelder, ins Spiel. Auf Seite 21, Absatz 3, im Aufsatz über Unrechtsbewusstsein, entdeckte er das „Eine-Mark-Experiment".

Frau Münchdorf war es nämlich, die gut gekleidet und deswegen unerkannt als Passantin die Mark als Köder „verlor". Neben den vielen bekannten Namen aus seiner Gemeinde, die sich alle nach der Mark gebückt hatten, fand er natürlich auch den seinen: Philip Leinfelder, sieben Jahre alt, reaktionsverzögert, ängstlich, aber anständiger Charakter, spendet Mark der Kirche. Weitere Tests geplant.

Ein späterer Eintrag deutete seinen Werdegang als Pastor an mit dem Hinweis: „Berufswahl bestätigt frühere Erkenntnisse, irritierend allerdings die Mitgliedschaft im Schützenverein sowie Zugehörigkeit zu einer Motorrad-Gruppe."

Pastor Leinfelder las die Notizen noch einmal durch und grinste: „Tja, man kann die Leute eben nur vorm Kopp gucken, ne!?"

Nur eine
Tafel
Schokolade

Meine Tante Elfie geht mir ziemlich auf den Keks", sagte Bettina, eine ehemalige Klassenkameradin, die ich zweimal im Jahr treffe. Es war ein sonniger Tag Ende Mai. Wir saßen in einem Café am Stadtpark, tranken Cappuccino und tauschten die Erlebnisse des letzten halben Jahres aus.

„Musst du immer noch zum Rommé spielen dahin?"

„Ja, leider!" Bettina verzog das Gesicht, als habe sie Sodbrennen.

„Ich dachte, du wärst nur so eine Art Lückenbüßer gewesen."

„Ich bin Lückenbüßer! Aber kein anderer Mensch ist so doof wie ich, sich diesem Club von Furien auch nur auf Sichtweite zu nähern. Schon wenn die Tür aufgeht, möchte ich am liebsten wieder umkehren."

„Was ist denn so schlimm daran? Das sind doch alles kultivierte, nette alte Damen, oder?"

„Kultiviert? Dass ich nicht lache! Sie sind rassistisch, kippen ihre Likörchen bis zum Beinahvollrausch und bescheißen grundsätzlich beim Kartenspiel, vorzugsweise mich. Und die mit Kölnisch Wasser geschwängerte Luft verursacht mir Brechreiz!"

„Warum lässt du's dann nicht einfach?"

„Weil Tante Elfie mich moralisch erpresst. Ich bin ihre Geisel."

„Wie das denn?"

„Ich bin als Kind mal beim Klauen erwischt worden, da war ich sieben. Es ging um eine Tafel Schokolade! Die Ladenbesitzerin hat's gesehen und direkt Tante Elfie erzählt. Die hat die Schokolade bezahlt, mich zur Seite genommen und gesagt, sie wolle dieses eine Mal die Augen zudrücken und meinen Eltern nichts davon erzählen. Aber jedes Mal, wenn sie irgendetwas von mir will, habe ich das Gefühl, nicht nein sagen zu dürfen. Als dann Tante Grete aus der Rommé-Runde gestorben ist, ließ sie mich antanzen und erklärte, ich müsse jetzt einspringen, bis sie einen Ersatz für Grete gefunden hätten. Anfangs dachte ich noch, dass es vielleicht für ein- oder zweimal ist. Es tat sich aber nichts. Als ich Tante Elfie fragte, wie lange meine Dienste beim Kartenspiel noch benötigt würden, sagte sie, dass es nun mal so lange dauert, wie es dauert. Ob mir vielleicht eine Tafel Schokolade als Motivation weiterhelfen würde.“

„Unglaublich! Aber du warst erst sieben, du warst ein Kind! Das ist doch jetzt schon vierzig Jahre her. Geh zu deinen Eltern und leg ein Geständnis ab, Bettina!“

„Ich habe immer noch ein schlechtes Gewissen. Mein Vater ist nicht nur Richter am Landgericht, sondern auch ein überkorrekter Haarspalter, und meine Mutter geht immer noch im selben Laden einkaufen, wo die anscheinend unsterbliche Ladenbesitzerin kleine Kinder beim Klauen beobachtet. Meine Mutter würde sich meinetwegen zu Tode schämen, ungeachtet dessen, dass ich ein Kind war und das Delikt schon längst verjährt ist. Stehlen geht gar nicht. Sie sagt heute noch, wenn ich mal eine schlecht gebügelte Hose anhabe, dass das auf sie beziehungsweise ihre schlechte Erziehung zurückfallen würde. Nein, ich bring es nicht übers

Herz. Dann spiele ich halt Rommé mit den Hyänen."

Wir wechselten schließlich das Thema, redeten noch über dies und das und verabredeten uns für ein halbes Jahr später.

Ende November trafen wir uns wie verabredet wieder in dem kleinen Café. Draußen war es nass und kalt. Wir sprachen über das Rauchverbot, alte Bekannte, über das Rauchverbot, über Hochzeiten, Geburten und Todesfälle und über das Rauchverbot. Nachdem wir kurz draußen auf der dunklen und ungemütlichen Terrasse eine Zigarette geraucht hatten, freuten wir uns auf den bestellten Glühwein.

Dann fragte ich sie, wie es mit Tante Elfie und der Rommé-Runde weitergegangen war. Bettina wurde blass. Ihr rechtes Augenlid begann deutlich sichtbar zu zucken. Nervös griff sie zu den Zigaretten, packte sie dann aber direkt wieder weg.

„Ja, eine dumme Geschichte", sie blickte angestrengt auf ihren rechten Daumennagel. „Tante Elfie ist tot!"

„Ach, war sie denn krank?", fragte ich vorsichtig. Ich wusste nicht recht, wie ich Bettinas Miene deuten sollte.

„Na ja, sie ist eher – plötzlich gestorben." Sie trank hastig ihren Glühwein aus und bestellte direkt den nächsten.

„Du musst nicht darüber reden, wenn du nicht willst", sagte ich verunsichert.

„Ich sollte tatsächlich nicht darüber reden."

Die Bedienung brachte den zweiten Glühwein für Bettina. Ich nuckelte immer noch, zwischendurch vorsichtig pustend, an meinem ersten Getränk. Bettina seufzte und griff dankbar nach dem Glas. Ich weiß nicht wie, aber sie stürzte das süße heiße Zeug in einem Rutsch, ohne abzusetzen, hinunter. Sie musste eine Zunge und eine Speiseröhre aus hitzebeständigem Material haben! Ihre Wangen wurden langsam wieder rot, ihr Blick verklärte sich.

„So, noch'n Glühwein, und alles geht 'n bisserl besser!" Sie bestellte mit weit ausholender Geste das dritte Glas. Ich hielt mich zurück. Wenn sie reden wollte – gut. Wenn nicht – auch gut. Das dritte Glas wurde ebenfalls glühend heiß die Kehle hinuntergeschüttet. Da sitzt viel Leid dahinter, dachte ich im Stillen.

„So, jetzt geht's langsam", sie sah mich mit verschwörerischem Blick an.

„Weißt du was?", sie schaute sich nach allen Seiten um. „Ich glaube, wir haben sie umgebracht!"

„Was?! Ihr habt Tante Elfie umgebracht?!"

„Ja!!! Nein!!! Ich weiß es nicht so genau, eigentlich." Sie sah plötzlich ratlos aus.

„Was ist denn passiert? Und wer ist wir?" Meine Neugier war geweckt.

Bettina blickte durch mich hindurch. Sie murmelte: „Wir haben nach Elfies Tod endlich reinen Tisch gemacht. Ich habe das mit der geklauten Schokolade erzählt, mein Papa hat zugegeben, dass er raucht, obwohl meine Mutter ihm gesagt hat, das wäre ein Scheidungsgrund für sie, und Mama hat zugegeben, dass sie es war, die vor ein paar Jahren eine Beule in Papas Mercedes gefahren hat. Näher betrachtet waren das banale Kleinigkeiten, die durch Tante Elfie erst zu Todsünden aufgeblasen wurden. Sie hat natürlich alles gewusst, und jahrelang kleine Gefälligkeiten gegen ihr Schweigen von uns erpresst."

Bettina betrachtete versonnen ihr Feuerzeug und fing an, damit zu spielen.

„Es gab keine inneren und kaum äußere Verletzungen", erzählte sie ihrem Feuerzeug. Sie schien mich ganz vergessen zu haben.

„Mensch, Bettina, jetzt mach's doch nicht so spannend! Was ist passiert?", brachte ich mich wieder in Erinnerung. Erstaunt schaute sie mich an.

„Also, du weißt ja, wie sie mich behandelt und gegängelt hat. Und da wollte ich mich rächen, nur ein bisschen. Ich habe eine große Portion Abführmittel in ihren Kräuterlikör gemischt, weil ich dachte, sie kriegt ordentlich Durchfall davon. Dann hätte ich ihr als hilfsbereite Nichte eine Tafel Schokolade, als Symbol unserer Verbundenheit, gereicht, weil die ja angeblich stopfen soll. Fand ich gut, die Idee!"

„Ja, und dann? Ist sie an Durchfall oder Verstopfung gestorben?"

„Nein. Schlimmer!", sie lächelte diabolisch. „Es war am Geburtstag meines Vaters. Die anderen Gäste waren schon gegangen. Ich bot ihr zum Verdauen diesen Kräuterlikör an, ein Teufelszeug, das mein Vater aus Rumänien mitgebracht hat. Soll angeblich Vampire vertreiben. Meine Mixtur hat gut gewirkt. Sie trank drei, vier Gläschen von dem Zeug, und nach knapp einer Stunde sprang sie plötzlich auf und flitzte auf unser

Gästeklo. Und dann ist es passiert!"

Bettina schnippte mit dem Zeigefinger gegen ihr Glühweinglas, rief die Bedienung an den Tisch und bestellte den vierten Glühwein.

„Also, mein Vater hat immer heimlich auf dem Gästeklo geraucht. Dummerweise gab es dort kein Fenster. Um den Zigarettenmief zu übertünchen, hat er nach jeder Kippe literweise Reinigungsmittel ins Klo und ins Waschbecken gekippt und zusätzlich noch eklige Raumsprays in der Luft verteilt. An diesem Tag hat er das genauso gemacht, anschließend aber vergessen, sein Feuerzeug einzustecken. Als Tante Elfie nun auf der Toilette saß, ist meine Mutter hinter ihr her, und hat einfach von außen das Licht ausgemacht, weil sie ihrer großen Schwester auch mal eins auswischen wollte. Elfie hat im Dunkeln erst gezetert, gedroht und gebrüllt, bis sie offensichtlich das Feuerzeug meines Vaters gefunden hat, und dann ist das stille Örtchen explodiert. Die Experten haben festgestellt, dass die Reinigungsmitteldämpfe in Kombination mit Tante Elfies, na, nennen wir es mal – Ausscheidungen – eine hochexplosive Mischung ergeben haben, die durch die Stichflamme des Feuerzeugs zur Zündung gebracht wurden. Sie hat durch den Schock einen Herzinfarkt bekommen und ist kurz nach dem ‚Unfall' verstorben."

„Aber dann habt ihr sie doch nicht umgebracht. Das war eine Verkettung unglücklicher Umstände!"

„Mag sein, dass wir sie nicht umgebracht haben, wir haben es uns aber oft genug vorgestellt."

Sie nickte ernst und dachte nach. Dann schüttelte sie

den Kopf und fing plötzlich an zu strahlen.

„Kein Rommé mehr! Nie wieder! Komm, jetzt gehen wir aber erst mal eine rauchen!"

Der
Club der
Feministen

Liebe Veronika,
du wirst es nicht glauben, aber ich habe den Hauptgewinn gezogen!

Zuerst hatte ich ein bisschen Angst. Schließlich habe ich lange gebraucht, um die Sache mit Frank zu verarbeiten, aber die Idee, auf eine Kontaktanzeige zu antworten, war genau das Richtige.

Bernhard ist ein Mann, wie man ihn unter Hunderttausenden nur einmal findet. Seine Briefe waren ja schon toll, aber als er mich vom Bahnhof abholte, dachte ich, mich trifft der Schlag. Er sieht aus wie ein Dressman, schlank, groß, gut gebaut, hat eine unglaublich angenehme Stimme und das, was er mir dann auf der Fahrt zu seiner Wohnung erzählte, hat mich vor Ehrfurcht fast erstarren lassen.

Weißt du noch, wie du rumgemeckert hast?

Von Berlin ins Ruhrgebiet zu gehen sei wie der Umzug von einem Fünf-Sterne-Restaurant in eine Pommesbude.

Ich muss zugeben, dass man sich umgewöhnen muss. Zuerst dachte ich, Witten besteht überwiegend aus Autobahnkreuzen und Baustellen.

Bernhard wohnt aber etwas außerhalb in Heven, nah der Stadtgrenze zu Bochum mit Blick auf die Skyline der Ruhr-Universität, die so einladend aussieht wie eine Flotte von Kriegsschiffen.

Jedenfalls hat er auf der Fahrt dorthin gemeint, er sei froh, dass ich keine von diesen aufgemoppelten Modetussis sei. Er habe gerade eine böse, noch sehr tiefsitzende Erfahrung zu verarbeiten und freue sich, dass ich mich so kurzerhand entschlossen habe, drei Monate auf Probe bei ihm zu wohnen.

Es störe ihn nicht im Geringsten, dass ich etwas zu dick und zu klein sei. Ansonsten habe er bisher nur Beziehungen zu naturblonden Damen gehabt, aber er habe seine Lektion gelernt. Was er brauche, sei eine Frau, die im Leben steht, die weiß was sie will, und die stark und unabhängig ist, egal wie sie aussieht.

Stell dir vor, Veronika, er ist Feminist! Er hat gesagt, dass man selbst den Modetussis keine Vorwürfe machen dürfe, weil sie von der patriarchalischen Gesellschaft so geprägt worden seien. Da er von einer stark vaterdominierten Familie abstamme – sie bewirtschaftet seit Generationen einen Hof zwischen Gevelsberg und Schwelm – sei auch er bis vor kurzem in diese Rolle gedrängt worden. Es sei für ihn verdammt gut und wichtig gewesen, den Hof zu verlassen, in die Welt hinauszuziehen und in Witten zu studieren.

Bei sich zu Hause bestand er darauf, mir noch etwas zu kochen und ein Bad einzulassen, obwohl ich mich eigentlich lieber etwas ausgeruht hätte. Aber er meinte, es sei wichtiger, mich nach der langen Zugfahrt verwöhnen zu lassen. Er hat dann noch bis vier Uhr morgens über seine schwere Kindheit geredet, bis ich mitten im Gespräch eingeschlafen bin. Jedenfalls wachte ich am nächsten Morgen auf der Wohnzimmercouch auf. Wie du siehst, geht es mir blendend! Ich halte dich weiter auf dem Laufenden.

Mach's gut und ganz liebe Grüße,
deine Marlies

Liebe Veronika,
zwei Wochen bin ich jetzt schon hier und genieße die Vorzüge, mit einem Feministen zusammen zu sein. Ja – wir sind ganz offiziell zusammen. Viermal haben wir schon miteinander geschlafen!

Viermal, weil Bernhard der Ansicht ist, dass das völlig ausreicht und mehr nur die sexuelle Ausbeutung der Frau bedeuten würde. Er hält sich da ganz strikt an den Ausspruch von Luther, du weißt doch: „In der Woche zwie, schadet weder ihm noch ihr."

Ich habe ihm vorsichtig zu verstehen gegeben, dass es mir nichts ausmachen würde, wenn wir häufiger Sex hätten, aber da hat er mich nur ganz mitleidig angeschaut und gesagt, ich litte offensichtlich noch immer unter den Nachwehen der sexistisch-patriarchalischen Manipulation.

Vorgestern haben wir eine Wanderung zum Hof seiner Familie gemacht, 37 Kilometer pro Weg, zum Teil parallel zur Autobahn. Bernhard hat meine Einwände nicht gelten lassen, dass ich schlecht zu Fuß sei und mich gefragt, ob ich ins Weibchen-Klischee zurückfallen wolle.

Als wir bei seinen Eltern ankamen, war ich fix und fertig. Nur der Gedanke daran, den gleichen Weg zurückgehen zu müssen, hat mich davon überzeugt die Schlachterplatte zu verputzen, die seine Eltern mir vorgesetzt haben.

Ja, da staunst du! Ich weiß, nicht ganz fein, nicht ganz fair. Okay, ich geb's zu: Ich hab ihm verschwiegen, dass ich Vegetarierin bin. Aber er war so stolz auf die hausgemachten Wurstspezialitäten, dass ich mich nicht getraut habe etwas zu sagen, und was anderes essen die da auch gar nicht. Außerdem hätte ich den Rückweg sonst bestimmt nicht geschafft.

Übrigens will Bernhard jetzt eine Initiative „Pro Frau" gründen. Er will andere Männer von seinen Ideen überzeugen und insbesondere die Beamten der Stadtverwaltungen Wittens, Dortmunds und der Kreisverwaltung des Ennepe-Ruhr-Kreises ansprechen. Es ist schön zu sehen, wie engagiert er ist. Man müsse auf höchster Ebene ansetzen, sagt er. Besonders schwierig seien die Softmachos, die verkappten, die sich unter dem Deckmäntelchen der Liberalität die schlimmsten Sachen erlauben. Ich platze fast vor Liebe, wenn ich sehe, wie er sich dann echauffiert!

Er will an die Medien, die Sache ganz groß rausbringen und hofft auf die besondere Unterstützung seitens der Fußball- und Schützenvereine, in denen er glaubt Seelenverwandte zu finden.

Auf dem Kahlen Plack, einem Freiluftgelände am Rande der Stadt, soll ein Event das nächste jagen, Ausstellungen, Kleinkunst, Podiumsdiskussionen. Natürlich erst einmal ohne Frauen, um die Hemmschwellen abbauen und sanft an die bewusste Materie heranführen zu können.

Einige positive Rückmeldungen liegen schon vor.
Ich halte dich auf dem Laufenden,
gehab dich wohl, liebe Veronika,
ganz liebe Grüße,
deine Marlies

Liebe Veronika,
meine Zeit läuft bald ab.

Ich habe dir so lange nicht geschrieben, weil sich vieles ereignet hat. Kurz nachdem ich dir den letzten Brief geschickt habe, hatten Bernhard und ich unsere erste Auseinandersetzung.

Eigentlich fing alles ganz harmlos an.

Wir hatten es uns vor dem Kamin im Wohnzimmer gemütlich gemacht – ganz nebenbei: Ich säge und hacke das Holz für den Kamin, um eine typisch männliche Domäne aufzubrechen –, als ich Hunger bekam und ohne nachzudenken in die Küche ging.

Als ich zurückkam, saß Bernhard im Wohnzimmer und weinte. Er sei enttäuscht von mir, sagte er, ob ich immer noch nicht begriffen habe, wie wichtig es ihm sei, die Klischees zu sprengen. Die Küche sei ganz allein seine Sache, und wenn ich Hunger bekäme, solle ich ihn bitten etwas für mich zuzubereiten. Im Übrigen schäme er sich seiner Tränen nicht im Geringsten und sei bereit, jederzeit seinen Emotionen, die er als Kind immer habe unterdrücken müssen, freien Lauf zu lassen.

Auch in seiner Männerinitiative „Pro Frau" sei man sich einig darüber.

Man treffe sich jetzt zweimal im Monat am „Sackträger", der Statue des schwerbelasteten Kornträgers auf dem Platz hinter der Polizeihauptwache, die nunmehr als Mahnmal der alten Ordnung anzusehen sei. Von dort aus unternehme man, jeweils bei Voll- und Neumond, einen Schweigemarsch zum Hammerteich um dort die Erpel zu beobachten, die sich auf brutal maskuline Weise über die hilflosen Weibchen hermachen, und die man von nun an als abschreckendes Beispiel brachialer Zeiten zu betrachten habe.

Schließlich fahre man von dort aus zu einem „Cry-In" nach Dortmund unter den Fernsehturm. Denn hier, wo der phallische Betonkörper sich gen Himmel recke, seien die kosmischen „Vibrations" am besten zu spüren. Hier könne ein Mann bei zwei oder drei Bierchen seiner inneren Weichheit am besten Ausdruck verleihen.

Inzwischen seien mehrere wichtige Persönlichkeiten der Stadt, Verwaltungsbeamte, Unternehmer sowie hochdekorierte Professoren und Dozenten der umliegenden Universitäten, der Gruppe beigetreten.

Bei diesen sensiblen Leidensgenossen finde er endlich die Bestätigung, die ich ihm offensichtlich verweigere. Ich habe mich dann bei ihm entschuldigt und er hat noch am selben Abend einen Plan aufgestellt, wer von uns beiden sich um welchen Aufgabenbereich zu kümmern hat.

Ich darf die Küche seitdem nicht mehr betreten.

Bernhard putzt, wäscht, kocht und bügelt, während ich Holz hacke, mich ums Auto und die technischen Belange rund ums Haus kümmere.

Ach so, ich hätte es fast vergessen: Den Müll darf ich noch rausbringen.

Letztens ertappte ich mich dabei, wie ich völlig in Gedanken im Stehen pinkelte, und das bei heruntergeklappter Klobrille!

Als ich dann noch darüber nachdachte, mir statt der

Beine mein Gesicht zu rasieren, erhärtete sich der Verdacht, dass etwas nicht in Ordnung sei.

Bernhard und ich haben noch lange darüber diskutiert, wie wir mit den sogenannten rollenspezifischen Problemen umgehen sollen. Auf meinen Vorschlag hin, dass jeder von uns beiden alles nach Neigung und Talent tun dürfe, brach er wieder in Tränen aus, wobei ich mich beeilte ihm zu sagen, dass ich es ganz normal finde, wenn Männer weinen. Daraufhin fuhr er mich an, er brauche meine Erlaubnis nicht. Außerdem hätte ich – mal wieder typisch für die Ignoranz meines Geschlechts – überhaupt nicht verstanden, worum es geht.

Letztendlich konnten wir uns nicht einigen.

Er habe sich schon extrem entwickelt, sagte er schluchzend, und sich so weit vorgewagt, dass es für ihn kein Zurück mehr gebe. Die Bewegung der Feministen sei nun mal nicht mehr aufzuhalten.

Langer Rede kurzer Sinn: Veronika, ich komme zurück!

Holst du mich bitte am nächsten Freitag um 16.30 Uhr vom Bahnhof ab?

Wir sollten ganz dringend über die Gründung einer „Pro Mann"-Initiative nachdenken. Lass mich bitte nicht hängen, denn es besteht erhöhter Handlungsbedarf!

Alles Liebe, bis ganz bald,
deine Marlies

Louises
Kochkünste

Louise hat ihren Mann gesehen – mit einer anderen Frau!

Seit diesem Moment weiß sie, dass sie in ihrem Leben etwas ändern muss. Da sie realistisch ist, weiß sie auch, dass ihr Marktwert in der heutigen Zeit dem Nullpunkt entgegenstrebt. Sie ist übergewichtig, gerade mal 1,60 Meter groß, hat schiefe Zähne und kurze Beine, aber sie ist charmant und klug und dank der guten Stellung ihres Mannes relativ wohlhabend.

Und sie hat einen Plan, einen sehr guten Plan! Ihr Gatte befindet sich derzeit in einem für sie sehr günstigen Zustand.

Zum einen ist er durch seine Affäre von ihren Aktivitäten abgelenkt, zum anderen kann sie, weil er offensichtlich ein schlechtes Gewissen hat, ungestört und ungefragt einen Scheck nach dem anderen einlösen. Und sie weiß genau, was sie will.

Zunächst kontaktiert sie einen Begleitservice. Anhand eines Fotokataloges sucht sie sich einen wirklich gutaussehenden, wohlproportionierten Mann ihres Alters aus, unterschreibt einen Scheck in beachtlicher Höhe und bestellt ihren gemieteten Begleiter für den kommenden Abend zu sich.

Man denkt möglicherweise an ein erotisches Geplänkel, aber nein, weit gefehlt! Sie will es ihrem Gatten nicht in gleicher Münze heimzahlen, sie möchte nur nicht mehr alleine essen.

Am nächsten Tag steht Louise schon vormittags in der Küche, nachdem sie in den besten und teuersten Feinkostläden die exquisitesten Zutaten für ein ganz besonderes Menü eingekauft hat.

Denn das ist ihre Stärke: In der Küche ist sie die unangefochtene Meisterin. Jeder Chef de Cuisine eines Fünf-Sterne-Restaurants würde die Kochmütze vor ihr ziehen.

Kurz vor 20.00 Uhr, erscheint der bezahlte Galan wie verabredet und weiß nichts von seinem Glück.

Einladende Düfte umspielen seine aristokratische Nase und lieblicher Kerzenschein verbreitet eine warme, romantische Atmosphäre.

Madame Louise bittet zu Tisch.

So festlich wie die gedeckte Tafel ist, so verführerisch zeigt sich Louise.

Der gemietete Herr ist sehr charmant und macht der Dame ein Kompliment nach dem anderen.

Louise strahlt. Ihre Augen glänzen und ihre Wangen sind gerötet. Sie genießt den Augenblick.

Schließlich beginnt sie die Delikatessen, die sie liebevoll und sorgfältig zubereitet hat, aufzutragen und es knistert vor Erotik.

Denn wer gut zubereitete und erlesene Speisen zu schätzen und zu genießen weiß, versteht etwas von der Erotik des Essens. Louises Kreationen entpuppen sich als kulinarische Sinnlichkeit par excellence!

Da ist zunächst das zarte rosige Fleisch einer frischen geräucherten Forelle mit einer superben „Sauce à la Rettisch" als Entreé zu erwähnen, dann die duftende „Crème de Spargèl" als Vorspeise, die feinen goldigen runden „Petites pommes de terre" dazu die aromatische

„Sauce avec Petersilié" und das zarte und doch knusprige goldbraune „Boef de kikeriki" als Hauptgang.

Ach, wer geriete da nicht ins Schwärmen?

Doch da ... ein Schlüssel im Schloss der Haustür lässt die zwei selig vereinten Menschen aufschrecken.

Der Hausherr und Gatte betritt die Szenerie und zeigt deutliche Verwunderung über den unerwarteten Anblick. Louise strahlt ihn an: „Chéri, welch Überraschung! Das ist George! Wir singen zusammen im Kirchenchor. Ich habe ihn zufällig vor ein paar Tagen getroffen und für heute zum Essen eingeladen. Leider habe ich jetzt gar nichts mehr für dich, Schatz. Du hast doch sicherlich unterwegs schon gegessen?"

Louise strahlt erst George und dann ihren Gatten an.

Nun, dieser hat noch nichts gegessen. Seine Affäre kann leider nicht kochen und ist permanent auf Diät. Aber er lässt sich nichts anmerken und grüßt den unerwarteten Gast: „Freut mich Sie kennenzulernen, George! Lassen Sie sich nicht stören. Bitte entschuldigen Sie mich, aber ich hatte einen harten Tag – die Geschäfte, Sie verstehen. Louise, ich geh ins Bett. Äh, gut siehst du aus, na dann, gute Nacht."

Er scheint sichtlich verwirrt, kratzt sich am Scheitel, dort, wo die Haare von Tag zu Tag spärlicher werden, und geht schließlich zu Bett.

Louise schaut ihm nach und sagt: „Weißt du, George, mein armer Mann ist so sehr beschäftigt, immer so fleißig!"

George nickt und schweigt. Louise zwinkert ihrem

Begleiter zu. Sie weiß, dass er sie versteht und spürt, dass sie einen Verbündeten hat.

Nach dem Dessert, einer „Création supérieur du mousse au chocolat", redet man noch über dies und das und verabredet sich direkt für den nächsten Abend, an dem sie selbstverständlich eine andere Speisenfolge kredenzen wird, die der vorangegangenen jedoch in nichts nachstehen soll.

So gehen Wochen und Monate ins Land. Louise blüht auf.

Ihr Gesicht ist von jenem zarten Hauch der Freude überzogen, den nur die Glücklichen und Frischverliebten tragen. Längst verzichtet ihr Galan auf sein Honorar. Ja, er bringt ihr sogar immer häufiger kostspielige Geschenke mit, Schmuck und Antiquitäten, denn inzwischen kennt er ihre Vorlieben.

Zu kostbar sind ihm die Treffen mit Louise geworden. Um keinen Preis möchte er auf jene kulinarischen Abende mit ihr verzichten.

Er ist zufrieden und sein ehemals asketisch-durchtrainierter Körper beginnt wohlgerundete Formen, vor allem an Hüfte und Kinn, anzunehmen. George gehört mittlerweile zur Familie und versteht sich durchaus auch mit dem Hausherrn gut.

Dieser scheint indes immer mehr ein Schatten seiner selbst zu werden. Die Haare werden lichter, die Gestalt zusehends magerer, und immer häufiger wirft er neidische Blicke auf das allabendliche tête à tête. Tatsächlich denkt Monsieur schon eine Weile darüber nach, seine

Affäre zu beenden und geläutert an Louises gedeckten Tisch zurückzukehren.

Vielleicht ist doch etwas Wahres daran, dass Liebe durch den Magen geht? Und an Louises Tisch sind noch viele Plätze frei.

Singen
und
Schmusen

Herr Stöhr sah von den Papieren auf, warf einen kurzen Blick aus dem Fenster und seufzte: Kastanienbäume in voller Blätterpracht, ein Elsternpaar, das seine Brut im Nest fütterte und ein blauer Himmel mit vereinzelten Federwölkchen versuchten seinen Geist zu umgarnen und seinem Blick zu schmeicheln. Fehlten nur noch eine bunte Blumenwiese und ein fröhlich gurgelndes Bächlein. Angewidert wandte er sich ab. Nein, Natur mochte er nicht, das war überhaupt nicht sein Ding!

Wehmütig dachte er an sein altes Büro zurück, wo er auf die unverputzte Rückwand der ehemaligen städtischen Müllverbrennungsanlage schaute und sich stundenlang in den Strukturen der schmutzigen Ziegel und den Rissen des Gemäuers verlieren konnte. Resigniert schüttelte er den Kopf, zuckte mit den Schultern und widmete sich wieder seinen Bilanzen. Virtuos tanzten seine Finger über die Tasten und tippten die Zahlen der letzten Berechnungen in die Rechenmaschine. Er fühlte sich wie der Horowitz der Zifferntastaturen – die auf seinem Tisch liegenden Rechnungen und Quittungen waren seine Partitur. Der große Stapel Papier vor ihm, der so viele schöne Summen bereithielt, die alle eingetippt werden wollten, ließ sein Herz höher schlagen.

Das kreischende Klingeln des Telefons, ein altes Modell mit Wählscheibe, für das er erbittert gekämpft hatte, riss ihn jäh aus seinem Arbeitsfluss. Unwirsch setzte er die Brille ab, strich sich durch sein strähniges dunkles Haar und nahm den Anruf entgegen.

„Ja! Stöhr am Appaparat! Bububuchhaltung CULINARITAS Essen auf Räd...“

„Ja, ja, ja, und so weiter und sofort! Das ist eine firmeninterne Leitung und außer mir ruft Sie doch nie jemand an." Frau Liebermann klang hörbar genervt. „Herr Stöhr, es gibt einen Notfall! Sie müssen ganz kurzfristig für Herrn Wontorraczewski einspringen und seine Liefertour übernehmen. Er ist plötzlich krank geworden! Verstehen Sie? Kommen Sie sofort in mein Büro, holen Sie sich die Liste ab und liefern Sie aus. Pronto!"

Ihr Tonfall ließ keinen Widerspruch zu. Er kannte seine Chefin gut genug, um zu wissen, dass ihre derzeitige Stimmung hochexplosiv war. Vor allem, was ihn betraf.

Vor zwei Wochen war er mit einer fiebrigen Erkältung zur Arbeit erschienen. Er wollte beweisen, dass sein Pflichtbewusstsein stärker war als der brüllende Husten, die triefende Nase, der kratzende Hals, die quälende Übelkeit – überhaupt sein ganzer virenverseuchter Körper. Zwei Tage hatte er durchgehalten, dann musste er kapitulieren und sich eine Woche krankschreiben lassen.

Diese zwei Tage hatten allerdings völlig ausgereicht, um drei Viertel der Belegschaft anzustecken. Nun war die Firma Culinaritas, der Lieferdienst mit Herz und zusätzlicher Gesprächszeit, personell am untersten Limit angelangt.

Herr Stöhr atmete stoßweise. Panik breitete sich in ihm aus. Man verlangte von ihm seine sichere Höhle zu verlassen und wildfremden Menschen Mahlzeiten zu bringen. Sein Herz begann zu rasen, Schweißperlen bildeten sich auf seiner Stirn und die Hände zitterten.

Er mochte Zahlen, ja! Aber Menschen? Nein! Menschen waren unberechenbar. Sie sagten Dinge, die er nicht verstand oder die ihn verletzten.

Die einzigen, an die er sich mittlerweile gewöhnt hatte, waren seine Chefin Frau Liebermann und Holger Wontorraczewski, ein gutmütiger Mann Ende 50, der vor einem halben Jahr in der Firma als Essensbote angefangen hatte. Ein Mann, der Mopshunde und deutschsprachigen Punk-Rock mochte, konnte kein schlechter Mensch sein.

Wieder klingelte das Telefon. Frau Liebermann!

Auf dem Weg zu ihr überlegte er angestrengt, welche Gründe er anführen konnte, damit er keine Mahlzeiten ausliefern musste. Sie kam ihm schon im Flur entgegen und überreichte ihm mit grimmigem Blick eine Liste und einen Autoschlüssel.

„Sagen Sie nichts, Herr Stöhr! Ihren Viren haben wir das Chaos hier zu verdanken. Wenn Sie krank sind, bleiben Sie in Zukunft gefälligst zu Hause. Oder im Zweifelsfall holen Sie sich wenigstens Gummihandschuhe und einen Mundschutz aus der Küche, wenn Sie in Kontakt mit anderen kommen. Merken Sie sich das für's nächste Mal! So, jetzt gebe ich Ihnen die einmalige Chance, den Schaden zu begrenzen. Nehmen Sie den Wagen von Herrn Wontorraczewski. Er hat ihn vorhin noch bepackt, bevor er sich übergeben musste! Jetzt sind Sie dran, enttäuschen Sie mich nicht!" Damit rauschte sie, ohne eine Antwort von ihm abzuwarten, davon.

Wie in Trance ging Herr Stöhr mit der Liste und dem Autoschlüssel in die Küche. Dort setzte er einen Mundschutz auf, zog sich Gummihandschuhe über und schickte sich an, eine unberechenbare Welt zu betreten.

Er fand keinen Stadtplan im Wagen. Stattdessen gab es ein Gerät, mit dem er sich nicht auskannte. An der nächsten Tankstelle traf er eine hilfsbereite Kindergärtnerin im Ruhestand, die es ihm geduldig erklärte.

Es dauerte ein Weilchen, bis er verstanden hatte, wie ein Navigationssystem funktioniert. Mit einiger Verspätung traf er schließlich an der ersten Adresse ein. „Anton Hölter" lautete der Name des Kunden auf seiner Liste.

Die Straße stimmte, die Hausnummer stimmte, allerdings waren die Namen auf den Klingelschildern zum Teil unleserlich. Die Zeit lief! Beherzt bediente Herr Stöhr alle Klingeln, bis sich jemand erbarmte und die Haustür endlich aufsprang.

Im dritten Stock, an einer Wohnungstür, die nur angelehnt war, entdeckte Herr Stöhr das Namensschild „Anton Hölter, Oberstudiendirektor a.D.". Zaghaft klopfte er an, wobei die Tür sich durch die Berührung seiner Finger knarrend öffnete.

„Es ist offen! Los! Rein! Aber zackig!", brüllte eine ungeduldige Stimme. Herr Stöhr schlüpfte vorsichtig hinein. Es roch nach Schmierseife und alten Keksen. Im Wohnzimmer saß ein älterer Mann im dunklen Anzug an einem gedeckten Tisch vor dem Fenster. Er schaute angestrengt durch ein Fernglas und beobachtete die Straße. Neben Teller und Besteck lagen Block und Stift.

Herr Stöhr nahm allen Mut zusammen. Er näherte sich, den Essenskarton mit beiden Händen haltend, und stellte sich mit einem artigen Diener vor: „Stöhr!"

Herr Hölter blickte kurz missbilligend auf seine Taschenuhr. „Nein, Sie stören nicht. Im Gegenteil, Sie sind 34 Minuten und 23 Sekunden zu spät. Wegen der Unpünktlichkeit zahle ich das Essen nicht. Der Kunde ist König, verstehen Sie? Ich bin der König, klar?" Dann schaute er wieder durch sein Fernglas auf die Straße.

Herr Stöhr zuckte zusammen. Das würde seine Bilanzen durcheinanderbringen. Nicht bezahlen ging gar nicht! Er setzte sicherheitshalber den Mundschutz auf und zog die Gummihandschuhe über, bevor er antwortete: „Aber, aber, aber, dass geht nn… das ist nn… so…!" Mühsam versuchte er die Fassung zu wahren.

Herr Hölter löste den Blick von der Straße und schaute erstmals auf Herrn Stöhr.

„Sind Sie behindert, oder was? Mann, stehen Sie gerade und stammeln Sie nicht so herum! Was haben Sie denn da im Gesicht?"

Belustigt zeigte er auf den Mundschutz, der Herrn Stöhr Millimeter um Millimeter vom Mund übers Kinn rutschte. Herr Stöhr fühlte sich sehr unbehaglich und wollte gerade etwas erwidern, da wurde er rabiat unterbrochen: „Ruhig! Klappe halten! Ha! Da habe ich wieder einen erwischt!"

Auf der Straße gab es offensichtlich etwas, das Hölters volle Aufmerksamkeit beanspruchte.

„Hält einfach nicht an!", entrüstete er sich.

„Da ist ein Stoppschild. Halloooo! Vorschriftzeichen nach Anlage 2 zu § 41 StVO, Verkehrszeichen 206. Halt! Vorfahrt gewähren! Man soll hier dem Querverkehr Vorfahrt lassen. Das Vorschrift-Zeichen ist unmissverständlich zu verstehen und heißt: Halt – Stopp – Anhalten! An der Haltelinie oder an der Sichtlinie muss angehalten werden. Bei einem Stoppschild soll man also immer bremsen und mindestens drei Sekunden halten. Dabei müssen die Reifen stillstehen. Für das Überfahren eines Stoppschildes gibt es in der Regel erst einmal zehn Euro Verwarngeld. Bei Gefährdung anderer gibt es einen Punkt sowie 70 Euro Bußgeld. Sollte ein Stoppschild überfahren werden und in der Folge ein Unfall passieren, kommen 85 Euro Strafe und ein Punkt in Flensburg auf einen zu."

Herr Hölter spuckte sprichwörtlich Gift und Galle, so dass Herr Stöhr froh war den Mundschutz zu tragen.

„Und der Kollege da unten wird jetzt gemeldet! Bestimmt wieder so ein junger Schnösel mit komischer Frisur! Nix im Kopf. Hat die Vorfahrt anscheinend werksmäßig eingebaut. Aber nicht mit mir, nicht mit Anton Hölter! Nicht an meiner Vorfahrtsstraße! So, ich notiere ..."

Mit fast heiterer Grimmigkeit ritzte er das Kennzeichen mit gespitztem Bleistift in den Block.

Herr Stöhr verspürte plötzlich einen ausgeprägten Fluchtinstinkt. Gleichzeitig war er sich bewusst, dass er seiner Chefin nie wieder würde unter die Augen treten können, wenn er jetzt kniff. Also musste er die Flucht nach vorne wagen. Beherzt hielt er seinem Kunden den Karton entgegen und versuchte zu lesen, was auf dem beiliegenden Menüzettel stand: „Das Essen ... ein Milz-Patronen Karout an Glösen."

„Was? Milz-Patronen Karout an Glösen?" Hölters drehte sich langsam vom Fenster weg.

Wie ein Reptil fixierte er den zitternden Herrn Stöhr und näherte sich ihm mit bedrohlicher Langsamkeit.

„Mann, was erzählen Sie denn da? Da konnten meine Zweitklässler vor vierzig Jahren ja schon besser lesen."

Er riss Herrn Stöhr voller Verachtung den Zettel aus der Hand und las überdeutlich: „Pilz-Maronen Ragout an Klößen. Aha! Und wo ist das Fleisch?"

„Am Tier ... Noch ... Also, im und an ... aber nicht ... da." Herr Stöhr schluckte.

„Sagen Sie mal, wollen Sie mich verscheißern? Halten Sie mich für bescheuert? Diesen veganen Scheiß habe ich nicht bestellt. Ich will Fleisch! Echtes blutiges Fleisch. Ich will Widerstand an meinen Zähnen spüren, verstehen Sie? Ich will Fetzen aus einem saftigen Filet reißen und das Mark aus den Knochen schlürfen. Verstehen Sie?"

Herr Stöhr war inzwischen vegetarisch blass geworden. Er bemühte sich verzweifelt den Mundschutz zurechtzurücken. „Auf Wiedersehen!", hauchte er gequält und wankte zur Tür.

Hölters, plötzlich behände wie ein Wiesel, verstellte ihm den Weg und lachte.

„Sie sollten sich mal sehen! Sie gucken wie ein dummes Mädchen. Sie sind aber keine Schwuchtel, oder so? Oooder? Wie ein echter Kerl sehen Sie nicht aus. Sind Sie eine Schwulette?"

Herr Stöhr, übermannt von großer Entschlossenheit, nahm den Mundschutz ab und sagte stolz: „Ich bin ... Buchhalter!"

Mit Würde wollte er der Verachtung seines Gegenübers begegnen. Ein Wesenszug, der ihm bisher fremd war, der sich nun aber überraschend als Teil seiner Persönlichkeit entpuppte.

„Ach so, ich verstehe! Sie sind nicht Mann, nicht Frau. Sie sind Buchhalter. Wenigstens sind Sie kein Kanake!" Hölter klatschte in die Hände.

„Ich gehe!" Herr Stöhr versuchte sich an Hölter vorbeizuquetschen.

„Halt!", rief dieser. „Ich habe 15 Minuten Gesprächszeit gebucht! Und durch die Verspätung und das falsche Menü schlagen wir noch was drauf. Sollzinsen, sozusagen. Aber, ich will mal nicht so sein und gebe Ihnen die Gelegenheit, wieder in die schwarzen Zahlen zu kommen. Das sagt man doch so, Herr Buchhalter, oder? Gut, dann erzählen Sie mir, dem Oberstudienrat, warum Sie, der Buchhalter, Essen austragen und nicht ein Buch halten. Hahahah. Guter Witz, oder? Na, nun lachen Sie doch endlich und dann erzählen Sie mir einen Witz. Sie sehen schon aus wie eine Witzfigur. Los, seien Sie mal ein bisschen witzig. Na los. Machen Sie schon!"

Während er sprach, kam er Herrn Stöhr so nah, dass dieser fast die Nasenhaare seines Gegenübers zählen konnte.

„Da da das … fällt nicht in mein … ist nicht mein …“, versuchte er sich zu wehren.

„Stottern Sie nicht herum! Nehmen Sie Haltung an und erzählen Sie einen Witz. Sonst zahle ich für den ganzen Monat nicht und hetze Ihrer Firma das Ordnungsamt auf den Hals, so wahr ich Anton Hölter heiße!“

„Ich bitte Sie …“, flehte Herr Stöhr.

„Ein Witz. Jetzt sofort!“, insistierte Herr Hölter.

Herrn Stöhr blieb nichts anderes übrig, als sich möglichst schnell an einen Witz zu erinnern. Dabei gehörte er zu den Menschen, die Witze nicht mochten. Es wurden ihm keine erzählt und er wollte keine hören. Verzweifelt schloss er die Augen. Er konnte sein Gegenüber atmen hören.

Ein Witz – um Himmels Willen. Ein Witz. Und da … plötzlich aus der Tiefe seines Hippocampus kam die Rettung. Es war ein einziger Satz, den sein Vater einmal in geselliger Runde zum Besten gegeben hatte. Es wurde damals sehr darüber gelacht. Er hatte eine Weile gebraucht ihn zu verstehen. Das spielte jetzt aber, in Ermangelung eines besseren Witzes, keine Rolle. Er nahm all seinen Mut zusammen und sagte immer noch mit geschlossenen Augen: „Also … sagt ein BeBeBeamter zum anderen, ich weiß gar nicht, wawawas die Leute gegen uns haben, wir tun doch nichts.“

Stille.

Tödliche Stille.

Herr Stöhr hielt die Augen immer noch fest verschlossen. Vielleicht sollte er beten. Aber was betet man in solch einer Situation? „Komm, Herr Jesus, sei unser Gast …" – schon die nächste Zeile wusste er nicht mehr. Die Gebete waren, wie die Witze, in seiner Erinnerung rar und vermutlich im gleichen Gedächtnissumpf versunken. Oder sollte er den Witz vielleicht noch einmal aufsagen?

Oberstudienrat a.D. Hölter unterbrach seine Gedankengänge schließlich.

„War er das?"

„Was?" Herr Stöhr schluckte und öffnete die Augen.

„War das der Witz?", zischte Hölter.

„Ja. Nun, ich habe ihn auch nicht sofort verstanden, als ich ihn zum ersten Mal gehört habe. Soll ich ihn nochmal erzä...?"

Hölter unterbrach ihn unwirsch. „Ich habe natürlich sofort verstanden, was gemeint ist. Ich finde ihn nur überhaupt nicht komisch! Das ist Beamtenverunglimpfung! Ich bin ein rechtschaffener pensionierter deutscher Oberstudienrat! Ich habe sehr fleißig, sehr viel und immer äußerst akkurat gearbeitet. Habe jahrzehntelang versucht, jungen Menschen gute deutsche Tugenden einzubläuen. Ich habe dabei nicht einmal Unterschiede zwischen der Abstammung der Blagen gemacht. Ob Kameltreiber- oder High-Society-Brut, bei mir herrschten Zucht und Ordnung, in jeder Schicht und Sprache, völkerverbindend, wie es heute so schön heißt. Und wenn einem dabei mal die Hand ausgerutscht ist, wem sollte das denn geschadet haben? Mir hat es doch auch nicht geschadet, oder? Und ich bin oft gezüchtigt worden, das kann ich Ihnen versichern! Ich hatte meine Methoden und immer ein reines Gewissen dabei, bis meine eigenen Kollegen, andere deutsche Beamte, mich aus dem Schuldienst gemobbt haben. Wegen Nötigung und Körperverletzung, hieß es. Kollegen? Dass ich nicht lache! Das waren so Weichgespülte, so Menschen wie Sie. Beeinflusst vom Geist der Toleranz, ‚Wir sind eine Welt‘. Heitatei-Heitatei. Wenn ich das schon höre. Ich wurde gezwungen, in den Vorruhestand zu gehen. Meine Frau hat mich verlassen, die blöde Kuh! Na und? Ich brauche keinen! Verstehen Sie? Keinen! Ich lasse mich nicht kleinkriegen. Ich habe eine neue Verantwortung übernommen. Ich sorge dafür, dass an meiner Kreuzung die Regeln eingehalten werden. Das Stoppschild steht aus gutem Grund da! Keiner kümmert sich darum, keiner. Wenn ich nicht wäre, würde dieses verantwortungslose Gesocks ungeschoren davonkommen. Ich dokumentiere alles. Hier! Die stehen hier alle auf meiner Liste." Hölter klopfte auf seinen Block. Dann öffnete er einen Hemdknopf und atmete schwer. Er schwieg und stierte auf einen Punkt an der Decke.

„Und ... wawawas haben Sie dadadavon?", wollte Herr Stöhr nach einer Weile wissen.

„Mein Gott, sind Sie naiv! Es geht mir doch nicht um mich! Es geht mir darum die Ordnung aufrechtzuerhalten! Ich will das System retten. Schädliche Einflüsse verhindern. Ich verlange doch nichts dafür. Na ja, fast nichts." Hölter wirkte plötzlich angeschlagen.

„Fast nichts?", fragte Herr Stöhr ehrlich interessiert. Voller Inbrunst erklärte der selbsternannte Ordnungshüter: „Ja, fast nichts! Ich verlange lediglich die sofortige totale Rehabilitation!"

„Heil, Hölter!", rief Herr Stöhr und knallte die Hacken zusammen, dann musste er kichern. Das fand er witzig. Tatsächlich, das war ihm selbst von ganz alleine eingefallen. Es wirkte in diesem Augenblick vielleicht deplatziert, aber die Anspannung in seinem Inneren explodierte und kippte für ihn nunmehr die ganze Situation ins Lächerliche.

„Wie bitte?" Herr Hölter hatte in den Reptilienmodus zurückgefunden. Seine Augen glitzerten gefährlich und fixierten Herrn Stöhr.

„Wawawar ein Wiwitz, spontantaner Einfeinf…" Herr Stöhr schob sich immer noch kichernd den Mundschutz auf die Stirn.

„Mann, Sie gehen mir unsäglich auf die Nerven mit Ihrer Stotterei! Wissen Sie eigentlich, wie lächerlich Sie aussehen mit diesem komischen Ding da auf dem Kopf? Außerdem habe ich noch nicht einen einzigen vollständigen und klaren Satz von Ihnen gehört. Nur Wawawa tatata hahaha ChaChaCha." Er begann Herrn Stöhr zu parodieren. „Singen Sie doch, verdammt noch mal, wenn Sie nicht sprechen können. Singen Sie. Nur zu. Lalalalalala!"

Und dann passierte es! In diesem Augenblick! Als habe man einen Schalter umgelegt, wusste Herr Stöhr plötzlich mit großer Klarheit, was er tun musste. Mutig ging er auf Herrn Hölter zu, legte seinen Kopf an dessen Brust und umarmte ihn.

Hölter erstarrte und fragte mit schreckgeweiteten

Augen: „Was machen Sie da?"

Herr Stöhr antwortete mit fester Stimme: „Singen! Und Schmusen!"

Er fing an, eine Melodie zu summen, die entfernt an ein Lied der Ärzte erinnerte. Worte formierten sich ganz zart, fast kindlich: „mhm, mhm ... Schiss vorm Schmusen, mhm ... mhm, ... stummer Schrei, mhm ...". Immer selbstbewusster wurde sein Gesang, um schließlich mit einem zärtlich gehauchten „Arschloch!" zu enden.

Mit einem Lächeln auf den Lippen löste sich Herr Stöhr von dem verdatterten Herrn Hölter, brachte den Mundschutz wieder ordnungsgemäß auf Position und verließ immer noch summend die Höltersche Wohnung.

Seit diesem Erlebnis, das Herr Stöhr für sich als Nahtoderfahrung verbucht hatte, spricht er fließend Deutsch und hat keine Angst mehr vor Menschen.

Seltsam merkwürdig

Wenn ich hin und wieder mitbekomme, wie Menschen hinter vorgehaltener Hand von „seltsamen" oder „merkwürdigen" Leuten erzählen, dann macht mich das natürlich neugierig.

Dann sehe ich nebulöse Gestalten vor meinem geistigen Auge, die mysteriöse Dinge tun.

Das heißt aber nur – nichts Genaues weiß man nicht!

Ich bin mir ziemlich sicher, dass mich einige meiner Nachbarn auch oft seltsam und merkwürdig finden. Sie haben sogar Recht damit. Ich kleide mich beispielsweise gern bequem, ohne Rücksicht auf irgendeine Mode oder Farbzusammenstellung. Das mag manch einem seltsam vorkommen. Außerdem arbeite ich an merkwürdigen Dingen zu merkwürdigen Zeiten. Aber was bedeuten diese Begriffe? Seltsam! Merkwürdig! Es hat auf jeden Fall etwas Geheimnisvolles. Damit habe ich kein Problem. Lieber geheimnisvoll sein als langweilig!

Ich vermute, wenn eine Person nicht einzuordnen ist und irgendwie aus der Norm fällt, dabei aber – und das ist ganz wichtig – ungefährlich wirkt, so wie ich, greift man auf diese Begriffe zurück. Doch jemanden zu beurteilen, den man nur oberflächlich kennt, hat seine Tücken. Voreilige Schlüsse zu ziehen … Ja ja. Ist ja gut. Ich nehme den Zeigefinger wieder runter! Dennoch, der Mensch spekuliert eben gerne und da nehme ich mich selbst nicht aus. Ich versuche oft mir vorzustellen, welche Umstände wohl zu welchen seltsamen Verhaltensweisen oder Lebensumständen geführt haben könnten.

Oft frage ich mich, wie der Obdachlose zum Obdachlosen geworden ist. Jener Mann Ende 30, der jeden Tag stundenlang an derselben Bushaltestelle steht und raucht. Den man nie essen oder trinken sieht. Das Haar verfilzt und hüftlang, der Vollbart, der an herausquellendes Füllmaterial einer alten Matratze erinnert, dreckig und brustlang. In einen schmutzstarrenden Parka gehüllt steht er seit Monaten dort und sagt kein Wort. Er bettelt nie und belästigt auch niemanden. Seltsam, oder? Auch er war einmal ein Kind, hatte Eltern, Großeltern, hat vielleicht Drachen steigen lassen und ist zur Schule gegangen. Was ist passiert? Welche persönliche Katastrophe hat ihn aus der Bahn geworfen?

Oder warum flaniert eine alte Dame sehr schick frisiert und elegant gekleidet sowie teuer parfümiert durch unsere Stadt und sammelt die Zigarettenstummel aus den Aschenbechern der Straßencafés, um die Reste aufzurauchen!? Merkwürdig, oder?

Ich habe mir schon unzählige Erklärungen zu all dem ausgedacht. Geschichten, die wahrscheinlich nicht annähernd an die Realität herankommen. Manchmal ist es vielleicht besser, die wahren Gründe nicht zu kennen.

Ich weiß, dass man mich hinter vorgehaltener Hand entweder die „Eiserne Jungfrau" oder „Sitzengelassene" nennt, weil ich erstens keine Männerbekanntschaften habe, weil ich zweitens nicht mit dem Hausmeister flirte, der sich für unwiderstehlich hält, und weil ich demzufolge drittens lieber alle Handwerksarbeiten in der Wohnung selbst erledige. Und das besser als unser

Hausmeister!

Auch wenn diese Tatbestände heutzutage in der großen weiten Welt keinen Aufruhr mehr verursachen, werde ich in unserem Haus mit Argwohn betrachtet.

Hin und wieder, wenn ich einen schlechten Tag habe, möchte ich meine Geschichte in den Hausflur posaunen, aber die ist eher unspektakulär und geht außerdem keinen was an.

Wenn aber schon Gerüchte über mich kursieren, dann hätte ich gerne eine besonders absurde Geschichte dahinter. Eine, die so abwegig ist, dass sie schon wieder glaubwürdig erscheint.

Deshalb habe ich mir eine ebensolche Geschichte ausgedacht. Zunächst habe ich mich gefragt, wie man auf eine wirklich außergewöhnliche Weise so werden kann, wie ich es bin.

Wenn mich also tatsächlich jemand fragen würde, ein Nachbar zum Beispiel, oder der unwiderstehliche Hausmeister auf mich zukäme, dann würde ich ihm diese Geschichte erzählen:

Stellen Sie sich vor, ich war gerade 20 Jahre alt geworden, hatte ein ordentliches Abitur gemacht und überlegte, für ein Jahr nach Paris zu gehen.

Mein Vater hatte dort einen Geschäftspartner, der eine Bürokraft mit Fremdsprachenkenntnissen suchte. Ich war neugierig und abenteuerlustig, sprach sehr gut Französisch und Englisch und wollte mir die Chance, etwas Geld zu verdienen, nicht entgehen lassen, bevor ich mein Jurastudium antrat.

Ich konnte kostenlos in der Souterrain-Wohnung des Chefs wohnen und durfte kommen und gehen, wann ich wollte!

Mit Marie, einem Mädchen in meinem Alter, die Auszubildende in der Firma war, hatte ich mich ziemlich rasch angefreundet. Wir gingen häufig nach der Arbeit in nette Lokale, wo man gut essen, aber auch tanzen und Musik hören konnte.

Eines Abends brachte Marie ihren älteren Bruder Paul mit. Einen so schönen Mann hatte ich in meinem ganzen Leben noch nicht gesehen. Ich schwöre, es war Liebe auf den ersten Blick.

Auch ich schien ihm zu gefallen. Nach ein, zwei Treffen zu dritt verabredeten Paul und ich uns schließlich ohne Marie.

Alles stimmte, alles war perfekt. Irgendwann war mir klar, dass es bald passieren würde!

Wir waren seit drei Monaten zusammen und wollten endlich miteinander schlafen. Ich war mit meinen 20 Jahren immer noch Jungfrau und wusste nicht, ob ich ihm das sagen sollte?

Himmel, war ich aufgeregt! In meiner Fantasie nahm das bevorstehende Ereignis Formen an, die jeden Liebesfilm aus Hollywood übertrumpft hätten.

Mir war völlig klar: Das muss der schönste Tag meines Lebens werden.

Und dann – am Tag X – die Katastrophe!

Ich war völlig am Boden zerstört. Am liebsten wäre ich sofort nach Hause gefahren oder besser noch gestorben.

Es fing alles so schön an. Ich hatte meine kleine Wohnung gründlich aufgeräumt, das Bett mit weißer Damast-Bettwäsche frisch bezogen – von der Chefin netterweise zur Verfügung gestellt – Kerzen und Blumen aufgestellt, Bilder an die Wände gehängt, nun ja, eben einfach alles mit viel Liebe hergerichtet.

Wir waren zuerst in unserem Lieblingslokal schön essen, haben uns romantische Dinge ins Ohr geflüstert und eng aneinander geschmiegt getanzt. Schließlich gingen wir dann also in mein kleines Liebesnest. Paul war noch zärtlicher und liebevoller als sonst.

Ich wollte vorher schnell noch einmal ins Bad, um mich frisch zu machen. Durchs Schlüsselloch konnte ich sehen, wie er sich auszog und sich dann vollständig nackt aufs Bett legte. Er war so schön. Ich putzte mir also schnell nochmal die Zähne und wusch mich an den wichtigen Stellen, und dann ... dann kam ich aus dem Bad und Paul war weg, und mit ihm mein Damast bezogenes Deckbett! Seltsam!

Man könnte jetzt zu Recht annehmen, dass er es nur auf die Bettwäsche abgesehen hatte, und um ehrlich zu sein, war das tatsächlich mein erster Gedanke. Doch das war absurd! Allerdings fiel mir kein anderer ernst zu nehmender Grund ein. Bestürzt ließ ich mich auf das kahle Bett sinken, schluchzte und fror. Eine grauenvolle einsame Nacht erwartete mich.

Abgesehen davon, dass meine große Liebe weg war, wusste ich jetzt auch nicht, womit ich mich zudecken sollte, und vor allem, wie ich der Chefin erklären sollte, dass ihre gute Damast-Bettwäsche flöten gegangen war.

Was sollte ich bloß tun?

Ein paarmal versuchte ich noch Paul in seiner Wohngemeinschaft zu erreichen, aber er war nicht mehr in Paris, sagte man mir, und ich war zu stolz um ihm nachzuspionieren.

Marie schien nichts von meiner persönlichen Katastrophe mitbekommen zu haben. Ich glaube, sie schien sowieso ein wenig beleidigt zu sein, weil wir sie nicht mehr zu unseren Treffen mitnahmen. Nun gingen wir beiden Mädchen wieder zusammen aus.

Von Paul sagte sie leider nichts und ich mochte Marie nicht fragen.

Ein trostloses halbes Jahr lag noch vor mir und der Schmerz ließ sich kaum ertragen. Schließlich war es soweit. Zeit, wieder nach Deutschland zurückzukehren. Am Tag vor der Abreise ging ich mit Marie in ein sehr nobles und sehr teures Café um meinen Abschied zu feiern. Wir waren beide sehr traurig und schworen uns, den Kontakt zueinander nicht zu verlieren. Kurz bevor ich ging, hat sie mir dann einen Brief gegeben, allerdings mit der strikten Anweisung, ihn erst zu Hause in Deutschland zu öffnen. Das musste ich ihr ganz fest versprechen. Dabei hat sie furchtbar geweint und ganz elend ausgesehen. Es war ihre Schrift darauf, nicht Pauls, wie ich im ersten Augenblick gehofft hatte. Als ich ihn dann irgendwann am nächsten Tag öffnete, wusste ich nicht, ob ich lachen oder weinen sollte! Marie schrieb:

Liebe Adelheid, du sollst wissen, dass Paul dich ebenso geliebt hat wie du ihn. Als er auf dem Bett lag und auf dich gewartet hat, ist ihm vor lauter Vorfreude ein kleiner Furz entfahren und hat dabei leider mehr als nur heiße Luft abgesondert. Das hat sich sehr unschön auf der weißen Bettwäsche ausgebreitet. Er hat sich so entsetzlich geschämt und ist in großer Panik mitsamt deiner beschmutzten Bettdecke geflohen. Ich hätte es dir schon sehr viel früher sagen sollen, aber dann hättet ihr euch versöhnt und ich wäre wieder allein gewesen. So habe ich Paul gesagt, dass du ihn nicht mehr sehen willst, und dich habe ich in dem Glauben gelassen, dass Paul nichts mehr von dir wissen will. Ich kann verstehen, wenn du unsere Freundschaft nicht mehr fortsetzen willst. Ich hab dich wirklich sehr gern und wünsche dir alles Gute für dein weiteres Leben! Verzeih mir bitte! Marie

Sehen Sie, und genau das würde ich den Leuten erzählen, die mich so seltsam finden. Noch hat mich keiner gefragt, aber ich freue mich schon darauf! Und? Finden Sie das merkwürdig?

Bonus
Damenkarussell

Frau Ministerialrätin Andrea Mertens sitzt im ge-
schmackvoll und teuer eingerichteten Wohnzimmer der
Anwältin Dr. Gundula Meyer. Diese ist gerade in der
Küche bemüht, ein Heißgetränk für ihren Gast zuzube-
reiten.

Andrea *(ruft nach hinten)*. Ja, ich hätte gerne eine
Tasse grünen Tee! Wissen Sie, ich muss auf mein
Herz achten.

Gundula *(ruft aus dem OFF)*. Ach, tatsächlich? Milch
und Zucker?

Andrea. Ja, gerne beides!

Gundula. Hier sind Tee und Gebäck!

Andrea. Sehr schön. Vielen Dank!

Gundula. So, heute sind wir ganz „entre nous". Wie
kann ich Ihnen denn helfen?

Andrea. Vielen, vielen Dank, dass ich so schnell
kommen durfte und für die Diskretion.

Gundula. Meine Schwester hat sich so vehement für
Sie eingesetzt, dass ich offen gestanden neugierig geworden bin.

Andrea. Danke! Sie sind sehr nett und hilfsbereit. Ich
finde übrigens, dass Sie und Mira sich sehr ähnlich
sind!

Gundula. Tatsächlich? Mira und ich finden das zwar
nicht, aber uns als Schwestern fehlt wahrscheinlich
die nötige Distanz, um das beurteilen zu können.
Wie kann ich Ihnen denn nun helfen?

Andrea. Also, es geht um die Scheidung und die Un-
terhaltsforderungen meines Mannes. Sind Sie ver-

heiratet?

Gundula. Nein, ich habe bisher noch keine passende Seele kennengelernt. *(lacht)* Ich glaube, zu diesem Thema gehört ein Whiskey, finden Sie nicht?

Andrea. Oh, da sag ich nicht nein!

Gundula. Prost! Jetzt entspannen Sie sich und erzählen Sie. Ich höre zu.

Andrea *(röchelt wegen des starken Whiskeys)*. Huch, der Tropfen hat es aber in sich! Um es kurz zu machen, mein Mann hat sich mit einer anderen auf unsere Finca nach Teneriffa in den Vorruhestand zurückgezogen und verlangt 9.738,49 € Unterhalt pro Monat.

Gundula. 9.000,00 € und ein paar Zerquetschte monatlich? Grundgütiger!

Andrea. Ja, stellen Sie sich das mal vor! Das ist fast die Hälfte meines monatlichen Einkommens! Und wofür?

Gundula. Ich nehme an, die Dame ist jung und kostspielig?

Andrea. Dürfte ich bitte noch ein Schlückchen haben? Also, die Sache ist sehr delikat.

Gundula. Sie können sich mir voll und ganz anvertrauen. Als Anwältin unterliege ich der Schweigepflicht.

Andrea. Die Dame, also die andere – ist meine Mutter und er … *(trinkt das Glas leer)* Darf ich noch ein Schlückchen …?

Gundula. Sehr gerne! Aber Moment mal – das ist ja lustig, wissen Sie was ich gerade verstanden habe?

(lacht) Dass Ihr Mann mit Ihrer Mutter nach Teneriffa durchgebrannt ist ... *(lacht weiter)*.

A n d r e a *(konsterniert)*. Ja, in der Tat, so verhält es sich! *(Sie ergreift das gut gefüllte Glas, leert es in einem Zug und hält es der Anwältin entgegen, die es unverzüglich auffüllt.)* Meine Mutter ist so ... so anders, wissen Sie. Sie hat mich mit 16 Jahren zur Welt gebracht. Meinen Vater kenne ich gar nicht und bis ich in die Pubertät kam, habe ich in fünf unterschiedlichen Wohngemeinschaften gelebt. Ich bin buddhistisch getauft, marxistisch-leninistisch erzogen und mit 15 in ein von Nonnen geführtes Internat gesteckt worden. Mit meiner Volljährigkeit habe ich mich für ein vollkommen anderes Leben entschieden. Habe Betriebswirtschaft studiert, meinen Abschluss mit Summa cum Laude gemacht, bin in die FDP eingetreten und habe es bis zur Ministerialrätin gebracht. Prost!

G u n d u l a . FDP!

A n d r e a . Arnold, also mein Mann, oh, kann ich bitte nochn Schluck ham? Also mein Ex-Arnold war immer so still. Ein ruhiger, besonnener Mensch. Er ist zehn Jahre älter als ich. Er hat sich um den Haushalt und die Katzen gekümmert. Alles war doch sooo schön und beschaulich. Bis plötzlich diese ... diese ... diese ... Mutter auftaucht! Nach dreißig Jahren kommtse plötzlich ausm australischen Outback gekrochen, nistet sich bei mir zuhause ein, verführt meinen Mann mit Aborigine-Obertongesängen und lockt ihn nach Teneriffa, wose gemeinsam Kurse für

Touristen anbieten – Makramee. Ich brauch nochn Schluck, bitte! Prost!

Gundula. In der Tat ist die Sachlage etwas vertrackt. Ein solcher Fall ist mir bisher noch nicht bekannt. Womit begründet Ihr Mann denn seine Forderungen? Gibt es Kinder aus Ihrer Ehe? Prost!

Andrea. Kinner!!! Kinner!!! Ein schönes Thema!!! Ich wollte keine Kinner, weil ich nicht so verantwortungslos sein wollte wie meine Mudder. Er sagt nun, es ändere sich doch eigentlich nix, weil alles in der Familie bleibt. Im Gegenteil bekäme ich sogar einen Vatter!!! Dann hätte er endlich ein Kind, nämlich mich! Er würde mich sogar adoptieren!!! Und als Großverdienerin müsste ich sowieso Unterhalt für Vatter und Mutter bezahlen. Ich werde wahnsinnig!

Gundula. Ich verspreche Ihnen, Frau Mertens …

Andrea. Du kannst ruhig Andrea Mertens zu mir sagen, Prost!

Gundula. Äh, ja, danke, ich bin die Gundula, Prost! Also ich verspreche dir, liebe Andrea, dass ich mich in die Materie einarbeiten und die Rechtslage klären werde! Du kannst mich auch gerne jederzeit anrufen, wenn du reden willst.

Andrea. Das klingt verdammt gut! Materie einarbeiten! Reden! Rechtslage! Ich glaub, ich fahr mal eben nach Hause. Huch! Iss mir schwindelich. Mein Kreislauf läuft heute gannich rund …

Gundula. Ich bestelle dir lieber ein Taxi!

Andrea. Vorher muss ich aber noch mal aufs Klo, mir issn bisschen schlecht!

(Andrea wankt hinaus. Gundula greift zum Telefon.)
Gundula. Ja, Meyer hier! Rechtsanwältin Dr. Meyer.
Ja, richtig! Bitte einen Wagen in den Rotkehlchen-
weg 9. Ach, noch eine Bitte: Schicken Sie unbedingt
einen sensiblen Fahrer, einen sehr sensiblen Fahrer! Nein, auf keinen Fall eine Fahrerin! *(Sie legt auf
und wählt eine andere Nummer.)* Mira? Ja, ich bins,
Gundula. Bleibts bei unserem Termin morgen? Ja,
wir müssen unbedingt reden! Also, morgen um 12.30
Uhr. Bitte sei pünktlich! Nein, ich will dich nicht be-
vormunden, ich will nur, dass du morgen mal pünktlich bist! Ja! Bussi.

*Frau Rechtsanwältin Dr. Meyer ist mit der Whiskeyfla-
sche im Arm auf dem Zweisitzer der Wohnlandschaft ihres Wintergartens eingeschlafen. Als stumme Zeugen des
alkoholgeschwängerten Gesprächs mit Andrea Mertens
stehen noch die Flaschen und Gläser vom vorangegangenen Abend auf dem Tisch. Frau Dr. Meyer kommt langsam zu sich. Sie leidet unter unerklärlichen Kopfschmer-
zen. Ein Blick auf die Uhr zeigt ihr, dass es bereits Mittag
ist. Verärgert ruft sie ihre Schwester Mira an.*

Gundula. Mira?! Mensch, wo bleibst du denn? Wir
hatten doch 12.30 Uhr gesagt! Immer muss ich auf
dich ... Hallo? Haaallloooo! Einfach aufgelegt!
Mira *(kommt schwungvoll herein)*. Da bin ich schon!
War offen! Hallo, Große!
Gundula *(schreit)*. Du bist zu spät!
Mira. Ach komm, Gunni. Die Probe hat sich erst hin-

gezogen wie Kaugummi und dann hatten wir plötzlich 'nen unglaublichen Flow. Ich kann doch den künstlerischen Findungsprozess meiner Leute nicht einfach unterbrechen. Schauspieler sind in dieser Phase der Proben ausgesprochen verletzlich. Sag mal, hast du schon wieder gesoffen?

Gundula. Ich bin auch verletzlich, wenn meine Schwester ihre Zusagen nicht einhält! Ich muss immer auf dich warten, Mira. Immer! Schon als Mutti mit dir in den Wehen lag, hat alles länger gedauert als ursprünglich angenommen. Ich glaube, du bist das einzige Zehn-Monatskind auf der ganzen Welt! Wie würdest du als Regisseurin reagieren, wenn deine Schauspieler nie pünktlich zu den Proben kämen?

Mira. Meine Schauspieler kommen selten pünktlich. Das macht mir aber nix, weil ich immer die Letzte bin, die zur Probe kommt. Ach sei doch nicht so nachtragend. Ich bin doch jetzt da! Na komm, schau mir in die Augen, Große.

Gundula. Den Dackelblick kannst du dir sparen. Der wirkt nur noch bei alten und besoffenen Männern.

Mira. Ich hab dich auch lieb. Gut, du wolltest etwas mit mir besprechen? Also, frisch von der Alkoholleber weg.

Gundula. Nun gut, ich habe mir Gedanken über unsere Mutter gemacht.

Mira. Wieso? Ist was mit Mutti?

Gundula. Nein, noch nicht!

Mira. Muss ich das jetzt verstehen?

Gundula. Naja, Menschen werden im Alter manchmal schwierig. Ich hatte gerade gestern so ein Gespräch.

Mira. Apropos Gespräch, war Andrea schon bei dir? Die hat auch so ein Mutterding am Laufen.

Gundula. Sie war da, ja. Sehr nette Frau. Aber mehr möchte ich darüber nicht sagen. Jetzt hör doch mal auf an deinem Handy rumzufummeln!

Mira. Rede ruhig weiter, ich hör zu. Muss nur ein paar Nachrichten versenden.

Gundula. Also, Mutti kommt jetzt in eine Lebensphase, in der sie zwar noch fit ist, aber ich finde auch, dass sie immer mehr abbaut.

Mira. Quatsch, das finde ich überhaupt nicht!

Gundula. Du besuchst sie ja auch nur zu Weihnachten sowie deinem und ihrem Geburtstag. Ich bin jede Woche mindestens dreimal da!

Mira. Dafür rufe ich sie aber öfter mal an.

Gundula. Ist ja auch egal. Ich will nur vorbereitet sein, wenn sie in die Situation kommt, nicht mehr alleine wohnen zu können. Bei mir kann sie nämlich nicht wohnen.

Mira. Das will sie auch gar nicht!

Gundula. Wie? Hat sie dir das gesagt?

Mira. Ja. Wir haben letztens noch telefoniert und sie hat mir erzählt, dass sie einen netten Mann kennengelernt hat, der in einem Seniorenstift wohnt.

Gundula. Wie Mann kennengelernt? Seniorenstift?

Mira. Mein Gott, Gundula! Hast du vergessen, dass es dieses Mann-Frau-Ding gibt? Mutti ist jetzt seit acht Jahren Witwe und es gibt so viele schnuckelige alleinstehende Senioren. Warum sollen Menschen nicht auch im Alter noch ein bisschen Spaß haben?

G u n d u l a . Warum hat sie mir nichts davon gesagt?

M i r a . Na, sagst du ihr etwa alles? Und außerdem: Mutti hatte Angst, du würdest es nicht verstehen.

G u n d u l a . Was verstehen? Dass sie sich im hohen Alter noch mal einen Kerl ans Bein bindet?

M i r a . Genau das, und sie hat offensichtlich Recht mit ihrer Befürchtung. Gunni, unsere Mutti ist verliebt und hat endlich wieder einen Mann fürs Herz und für hemmungslosen Sex und so.

G u n d u l a *(schaut entsetzt)*. Was? Du meinst, die ... die ... die machen in diesem Alter ...?

M i r a . Gunni, die sind wirklich alt genug, das Leben in jeder Hinsicht in vollen Zügen zu genießen. Sie warten nur darauf, dass eine kleine betreute Wohnung im Stift frei wird, dann wollen sie dort zusammen leben. In wilder Ehe, Gunni, wild ... wild ... wild!

G u n d u l a . Und wann hätte ich das erfahren?

M i r a . Wie du weißt, hat Mutti in drei Wochen Geburtstag. Sie will uns groß zum Essen ausführen und bei der Gelegenheit ihren Theodor ...

G u n d u l a *(rollt mit den Augen)*. The-o-dor!

M i r a . Ja, Theodor ... offiziell als den neuen Mann an ihrer Seite vorstellen.

G u n d u l a . Ich weiß nicht, was ich sagen soll!

M i r a . Freu dich doch einfach! Und nimm dir ein Beispiel an Mutti.

G u n d u l a . Bin ich wirklich so? Ich meine, bin ich

wirklich so angsteinflößend, dass meine eigene
Mutter sich nicht traut, mir so etwas Wichtiges zu
erzählen? Ich hab wohl auf der ganzen Linie versagt,
oder?

Mira. Das stimmt nicht! Wir lieben dich, Gunni, und
wir haben großen Respekt vor dir. Du bist immer
so ... vernünftig ... *(lacht, stellt sich hinter Gundula und lässt spielerisch die Hände über ihren Rücken
laufen.)*

Gundula. Nicht kitzeln!

Mira. ... absolut zuverlässig ...

Gundula. Nicht kiiiitzeln *(lacht)*.

Mira. ... so klug und ernsthaft ...

Gundula. Ey!

Mira. ... und immer pünktlich. Aber manchmal darf
man sich auch einfach nur freuen, oder?

Gundula. Einfach nur freuen ...

Mira. Ja! Sieh mal: Deine Kanzlei läuft gut, du hast ein
tolles Haus, ein schickes Auto und du siehst klasse
aus! Warum versuchst du nicht auch mal ein Leben
außerhalb der Kanzlei zu führen. Hast du eigentlich
Freunde oder Freundinnen?

Gundula. Dafür bleibt mir nicht viel Zeit!

Mira. Na, die drei Besuche wöchentlich bei Mutti
kannst du ja jetzt getrost reduzieren. Unternimm
doch mal was. Ruf Leute an, die du nett findest, geh
ins Kino oder ins Theater, mach Sport. Hab Spaß!

Gundula. Vielleicht hast du Recht! Mutti braucht
mich ja jetzt nicht mehr.

Mira. Ach Gunni, ich würde mich so freuen, wenn du

mal herzhaft herumalbern würdest. Oh – sieh an! Jetzt habe ich schon zwei Busse verpasst! Ich muss los, Große! Tschüss, und vergiss nicht: Hab Spaß!

Gundula. Spaß? Mmh ... vielleicht ... oder lieber nicht ... oder doch? (*Gundula wählt eine Nummer auf dem Handy.*) Hallo Andrea! Ja, Gundula hier, deine Anwältin! Hättest du heute Abend Lust, dich mit mir zu treffen? Wirklich? Oh, na vielleicht im Pink Elephant, 20.00 Uhr? Du, ich freu mich – bis heut Abend, tschüss!

Quellenverzeichnis

Einige der hier abgedruckten Texte sind bereits in anderen Anthologien erschienen und wurden für dieses Buch sanft überarbeitet.

Wunder gibt es immer wieder: © Jule Vollmer 2004, Erstveröffentlichung in: Frank Goosen (Hg.): Fritz Walter, Kaiser Franz und wir. Unsere Weltmeisterschaften, Frankfurt am Main 2004.

Gartenfreunde: © Jule Vollmer 2012, Erstveröffentlichung in: Till Beckmann / Kathrin Butt (Hg.): Druckstellen. Ausgewählte Texte aus dem 2. Ruhrgebiets-Literaturwettbewerb, Essen 2012.

Frau Münchdorfs Nachlass: © Jule Vollmer 2012, Erstveröffentlichung in: Ruhrpoeten e.V. (Hg.): Budenzauber. Texte zum schönsten Ort im Ruhrgebiet, Essen 2016.

Der Club der Feministen: © Jule Vollmer, 2000, Erstveröffentlichung in: Petra Neumann (Hg.): Der Macho-Guide, Hamburg 2000.

Singen und Schmusen: © Jule Vollmer/Molly Müller 2017 nach einer Szene aus dem Theaterstück „CULINARITAS II. – HaWe haut rein".

Seltsam merkwürdig: © Jule Vollmer 2012, bearbeiteter Auszug aus „Mitbewohnerin gesucht", Erstveröffentlichung in: Almuth Fricke (Hg.): Reif für die Bühne, München 2012.

Damenkarussell: © Jule Vollmer 2012, zwei Szenen aus dem Theaterstück „Damenkarussell", Erstveröffentlichung in: Almuth Fricke (Hg.): Reif für die Bühne, München 2012.